Para comerte mejor

New York, NY.

Colección | Sudaquia

Para comerte mejor

Giovanna Rivero

Sudaquia Editores.
New York, NY.

PARA COMERTE MEJOR BY GIOVANNA RIVERO
Copyright © 2015 by Giovanna Rivero. All rights reserved
Para comerte mejor.

Published by Sudaquia Editores
Collection design by Jean Pierre Felce
Author image by Alexander Torres

First Edition Sudaquia Editores: mayo 2015
Sudaquia Editores Copyright © 2015 All rights reserved.

Printed in the United States of America

ISBN-10 193897896X
ISBN-13 978-1-938978-96-8
10 9 8 7 6 5 4 3 2 1

Sudaquia Group LLC
New York, NY
For information or any inquires: central@sudaquia.net

www.sudaquia.net

The Sudaquia Editores logo is a registered trademark of Sudaquia Group, LLC

This book contains material protected under International and Federal Copyright Laws and Treaties. Any unauthorized reprint or use of this material is prohibited. No part of this book may be reproduced or transmitted in any form or by any means, electronic or mechanical, including photocopying, recording, or by any information storage and retrieval system without express written permission from the author / publisher. The only exception is by a reviewer, who may quote short excerpts in a review.

This book is a work of fiction. Names, characters, places, and incidents either are products of the author's imagination or are used fictiously. Any resemblance to actual persons, living or dead, events, or locales is entirely coincidental.

Índice

De tu misma especie	12
Kè Fènwa	26
La piedra y la flauta	46
Los dos nombres de Saulo	68
Humo	78
Yucu	90
Pasó como un espíritu	106
Regreso	134
El Hombre de la Pierna	142
En el bosque	156
Adentro	172
Contraluna	204

En memoria de mis abuelos, el comienzo de todo.

Y para mi tribu: Alexander, Irene y Alejandro.

De tu misma especie

Te quedás de piedra cuando me ves parada en el umbral. Un charco de agua se va formando bajo mis pies y es eso lo que te hace decir, medio zombi, pasá, pasá. Me alcanzás una toalla para que me exprima el pelo, pero no me ofrecés nada, ni una taza de café que tanta falta me hace, ¿no te das cuenta de que estoy muerta de frío?

Si he venido hasta tu departamento, a esta hora, con esta lluvia, es por consejo de la psicóloga de la escuela. Dice que tengo que romper el vínculo, el vínculo con vos, ¿podés creerlo? Cuando en realidad hace un montón de años que lo que podíamos considerar una amistad de acero se volvió un río delgadito que terminó por soltarse. Aunque la psicóloga de la escuela dice que acá no se ha soltado nada, que de eso se trata justamente. Claro que ella es experta en el espíritu y la personalidad de los niños, y no de gente adulta. Los niños desarrollan apegos que ni te imaginás.

Para mí, sin embargo, las aguas se partieron el día del entierro. De tu entierro. Y he venido, como te digo, a recapitular en la medida de lo posible la secuencia de los hechos. No hay ningún reproche, ¿qué podría reprocharte, por Dios? ¿Qué resucitaste? Tu resurrección fue una felicidad y un alivio para todos, sobre todo para mí que, después del tremendo susto al ver cómo te incorporabas desorientado del que ya no sería tu último lecho, mientras a mí se me escapaba el alma con una fuerza centrífuga brutal, fui recuperando de a poco una paz lánguida, extenuada de tantas emociones.

Pero tengo algunas dudas y recuerdos que han ido perdiendo definición o volviéndose esponjosos igual que estas fotos Polaroid hinchadas por la humedad que todavía tenés crucificadas en tu pizarrita de corcho, como si fueran insectos. En una de esas estoy yo. ...Aquí, ¡en esta! ¿Creyeras que me cuesta reconocerme? Se ve que antes había una alegría suave que emanaba de mí. Ahora soy una criatura opaca, me lo han dicho. Al espejo trato de no consultarle, evito mirarme profundo, hundirme en una de esas crisis legendarias que a vos te vapuleaban como a una bandera en día patrio. En fin... Necesito atar lo que se me ha desanudado, pese a que la psicóloga escolar insiste en que es al revés y dale y dale con "romper el vínculo". Quizás tenga que, en efecto, romper algo primero, un cristal interior, pulverizar un tumor, qué se yo, y luego hacer un collage con lo que quede.

Yo sé que tampoco es fácil para vos. Si me has evitado durante todos estos años, si cuando eventualmente me has visto en la calle, en la parada de autobuses, a la salida de un cine, has fingido no verme es porque vos tampoco estabas listo. De hecho, dejaste de salir de casa el 17 de cada mes, que es cuando me las arreglaba para coincidir. Así que, ya ves, he tenido que venir hasta tu casa y tocar el timbre sin importarme que lo tuvieras en carne viva, ¡ja! ...Dejar esos cables despellejados expuestos a la lluvia no es suficiente para disuadirme. Podría hundir mi índice en las córneas del demonio, si fuera necesario.

Disculpá esta impertinencia tan sacada de toda lógica. A mí también me cuesta reconocer este lado hosco que por fin se manifiesta en mi temperamento gradualmente arrinconado.

La tarde de tu entierro estaba devastada. Siempre hablabas de irte, de largarte dejándolo todo, pero no podía creer que te hubieras decidido así, sin despedidas crípticas, a zambullirte en lo que llamabas "las tinieblas definitivas" y que a mí me parecía bueno para un título pero no para un viaje. Y no es que dudara de tu determinación, que siempre tuvo algo de suicida; todo lo contrario. La confirmación serena de la muerte me cubría de vacío y, al mismo tiempo, reforzaba todo aquello que te profesé: el modo absoluto en que creí, al principio no en tu talento –que a ese respecto siempre te fui sincera–, sino en algo más importante y eterno que la capacidad de escribir: tu mirada temible y piadosa del mundo.

Yo estaba incluida en esa piedad. Todavía guardo el tono dulce, ¿o acaso condescendiente?, cuando me acomodabas el pelo detrás de la oreja derecha y decías que tenía el nombre y la presencia de un personaje escapado de un relato "con jardín y sol en las colinas". Ese tacto misericordioso me ponía los pelos de punta, pero es que yo era arisca, y vos estabas enfermo de tanta fantasía.

Te envidio, me decías a veces. Y tus ojos eran, en efecto, dos norias delirantes que no encontraban ningún sosiego. Supongo que envidiabas mi falta de ambiciones, mi equilibrio estólido como el de esas mulas que atraviesan el campo comiéndose lo mismo el pasto que las flores (extraño el campo, ese lugar "poético no obstante antiliterario", como decías por burlarte de mi lugar de nacimiento que tendría que ser también el de mi muerte), qué otra cosa podía ser. Me conmovía esa desazón tuya, especialmente cuando yo intentaba explicarte que éramos de especies diferentes, que yo no aspiraba a ninguna trascendencia y eso volvía mucho más cercana la posibilidad de ser feliz, o algo parecido. Tu especie, te explicaba yo, improvisando títeres con servilletas, lapiceros o lo que estuviera a mano, era como la de las lagartijas, hechas de ordinariez cotidiana y de un torrente mítico que excedía sus pequeños cuerpos, siempre dispuestos a mutilarse. Una lagartija, te hacía el cuento yo, y vos me mirabas encandilado como mis chicos del Kínder, era el disfraz más engañosamente humilde en que pudiera haber devenido un reptil más peligroso. Eso eras vos.

Esa tarde del 17 de marzo, la de tu entierro, me vestí de blanco, en realidad no sé por qué, acaso secretamente quería ser, en ese tramo largo de la Avenida Alemania que lleva al Cementerio General, tu ángel vengador. Te parecerá absurdo, pero con la intersección de esas emociones sentía que se prolongaba en mí tu resistencia a la mediocridad de la vida. Porque la vida era hermosa y mediocre y esa contradicción era lo que más te dolía. Y vos te sentías parte de la mediocridad, expulsado de la orilla luminosa. Y ahí estaba yo, una amiga viuda viviendo un luto mediocre.

Pablo y Willy caminaban a mis costados. No se atrevían a abrazarme. Llovía metódicamente, millares de agujitas lastimándonos; la orina de Dios, recuerdo que pensé, y saqué la lengua para conocer su sabor, para imaginar lo que vos sentiste cuando el veneno fue pervirtiendo tu saliva. Willy me miró inquieto pensando seguro que iba a ponerme a aullar o algo así. Willy siempre me conoció menos, y pongo mis manos al fuego a que nunca dejó de ver en mí a una boluda de provincia, una campesina becada por la caridad del gobierno, y casi diría que a vos tampoco llegó a leerte en todas tus líneas.

Pablo intentó darme cobijo bajo su paraguas, pero terminó por alejarse expulsado por quién sabe qué electricidad. Quizás, pensándolo desde la esquina opuesta, no me había quebrado como se esperaba, con esas demostraciones histriónicas –aunque casi siempre verdaderas– de rencor ante lo irreversible, y más bien algo en mí evocaba una soterrada autosuficiencia, igualito al dolor de un perro cuando su amo lo patea, y el animal se ovilla en un enojo distante pero humilde e irreductible. Tu muerte, ya lo he dicho, me investía de una soberbia viejísima, como la de esas mujeres ofrecidas en sacrificio en un tiempo salvaje imposible de leer con estas coordenadas.

De todos modos, alguien, una pariente tuya... No, no, la señora que te hacía la limpieza, ahora lo recuerdo, lloraba un llanto pudoroso que yo agradecí. Me parecía la canción perfecta para acompañarte en esa despedida lluviosa. Era un quejido largo y agudo, ni más ni menos que el lamento de una chola del Altiplano, que para encontrar consuelo debe remontarse en ese sonido deshilvanado que levita sobre las cosas, poniendo así minuciosamente todos los puntos perdidos a las íes flaquitas y convencionales de este mundo. Un llanto conformado por el coro de mil ratitas hambrientas.

Ese campo magnético que el llanto de la señora, ¿cómo se llamaba?, ¿Luna decís? ...El llanto que doña Luna expandía en la procesión era, pensándolo un poco, una manifestación justa de tu *modus operandi*. Te habías gangrenado la sangre con veneno para ratas, poniéndote así, de un modo atroz y más material que metafórico, en el lugar de esos roedores que tantas veces poblaron tus cuentos malogrados. De hecho, el olor ácido-dulzón del veneno que brotaba de tu cadáver corrompía el perfume aguachento de los claveles que algunos de tus vecinos consideraron de piedad cristiana enviar. Pablo y Willy se encargaron de distribuir los claveles alrededor de tu féretro, que viajaba como un cohete en su terminal galáctica en la camioneta Ford anaranjada que otro de tus vecinos, el gordo del kiosko de periódicos, tuvo la solidaridad de prestarnos.

No aporta nada contarte que una de las llantas reventó cuando atravesábamos los mausoleos de los ricos, bajo cuyas bóvedas algunos de los que te acompañaban hacia el silencio eterno aprovecharon para guarecerse. La lluvia se puso bestial y las lápidas comenzaron a emerger, limpiecitas, en una floración casi alegre de nombres: Julia, Andrés, Luz Marina, Josué, Rosalinda, Q.P.D. También mi nombre floreció en algún mármol.

Pablo y Willy cambiaron la llanta. Tuvieron que levantar el cajón mientras alguien más jalaba el neumático de auxilio y la llave inglesa que el gordo de tu vecino cargaba en la carrocería. Al mover tu última nave, en la que yo quería imaginarte viajando encapsulado pero libre a través de universos, y quizás algunos infiernos necesarios pero pasajeros, al encuentro de ese "yo" que tanto reclamabas, que te dolía por sus bilocaciones, brotó de tu boca pálida otro espumarajo de Racumín. Yo me había opuesto con terquedad de amiga viuda a que te costuraran los labios. El forense quería hacerlo, tenía explicaciones científicas que no me parecieron suficientemente lógicas. Quizás te cause gracia, incluso hoy, que ya no experimento ni la más básica de las pulsiones sexuales, pero entonces me parecía inhumano despachar a quien fuese hacia la dimensión desconocida con los agujeros naturales del cuerpo violentamente clausurados. La muerte, suponía yo, necesitaba de su propia respiración, y ese forense desalmado no me iba a hacer cambiar de idea. Defendí tu boca suicida con mi clásica terquedad provinciana.

De modo que, al ajetrear el cajón para el asunto de la llanta, tu digestión *post mortem* también se fatigó. La baba de Racumín que brotó de tu boca me hizo recuerdo de los epilépticos de la era cristiana y me di cuenta de que ni un montón de siglos cambiaría nuestra especie y el temor absurdo a romper esa membrana que nos separa de lo esencial.

Fue así, precisamente, como te encontré esa mañanita. Eras un dragón dormido sobre su propia espuma. Te había llamado por teléfono insistentemente. Quería devolverte el manuscrito. Nunca fui una gran lectora; si me extraviaba en las marañas de una novela, la abandonaba de inmediato en busca de oxígeno y objetos reconocibles. Sin haber terminado el quinto semestre de Antropología, porque con tanta ciencia no iba a ninguna parte, y siendo asistenta no titulada de Kínder, me había acostumbrado a las fábulas, esos dramas pequeños y de final nítido en que los animales toman decisiones absolutas. A los chicos les gusta eso, les permite soportar la masa descomunal del tiempo. Pero a lo tuyo siempre me acerqué con los ojos del corazón, que no necesitan cultura o mayores conocimientos.

Cuando pasó el primer horror, la bofetada de sinsentido que tu súbito fantasma me propinó, todavía calcado en tu cuerpo recién muertito, y después de que yo también vomitara en el lavaplatos, sobre los restos de tu último desayuno, llamé a Pablo y Willy. Me senté a esperarlos en un taburete, en diagonal a tu cuerpo que se había desbarrancado de la silla giratoria, donde te instalabas a escribir y fracasar. La taza con Racumín estaba allí, junto a la inmensa computadora comprada a plazos eternos, con la misma pasiva altanería de un vaso de whisky. Te contemplé durante casi una hora, lo que tardaba el micro de Pablo, que llegó primero.

Así, radicalmente dormido, era como que encarnabas al chico del tórax vacío de tu manuscrito. Qué locura, me dije, ponerme a pensar en tus personajes mientras te recorría como si estuvieras desnudo. Y es que era un poco así, tus facciones se liberaban de esa batalla sin tregua en que habías vivido y trasuntaban una belleza varonil que yo no te conocía. Era la borra física que deja el dolor en una cara todavía joven aunque definitivamente abandonada.

Eso también pensaba durante tu descenso, en cómo iría yo a recordarte a partir de esa tarde, ¿con el ceño fruncido?, ¿siempre rodeado de vómito tibio? No quería asignarte el lugar de las pesadillas, que hasta ese día lo había habitado mi abuelo, ofreciéndome lascivo su dentadura postiza parchada de oro y siempre salpicada de tabaco negro. Vos descendías y yo te borraba mentalmente el vómito para recordarte limpio.

Pablo y Willy, el chofer de la camioneta fúnebre y su ayudante bajaban con sogas tu ataúd a esa palma de tierra tierna que habían abierto los sepultureros a punta de pala, *chas chas chas*, exclusivamente para vos. *Chas chas chas* también irían a cubrirte para siempre jamás. Yo pensé que quizás debiera poner tu manuscrito del chico sin corazón entre tus manos. En mi pueblo, a las mujeres muertas se les suele poner un ramillete de flores, como si fueran novias. No sé de quién. Novias de Dios o Satanás, supongo, según sus pasiones. Vos, que ibas al encuentro de la ansiada unidad con ese tu "yo" tan anhelado, como si fuera un hermanito mellizo que te abandonó un atardecer en la placita de tu barrio, podrías llevar ese "estandarte de derrotas", ese "escudo de palabras inútiles", como les llamabas a los intentos infinitos de escribir. El chico sin corazón sería tu verdadero ángel, alguien mucho más compañero que yo, que no había sabido alimentarte, saciar tu hambre o sujetarte mientras te debatías, un día feliz, otro precipitándote en caída libre en esa tristeza despiadada que opacaba hasta tus cabellos.

Qué ironía, ahora la que está poseída por esa opacidad soy yo. Romper el vínculo, cazar tu fantasma con una de esas cestas atrapamoscas, es eso lo que debería hacer. De modo que hoy, quizás motivada por esta lluvia gemela, he venido a comprobar una verdad liminal, una verdad que sé que, a un mismo tiempo, puede salvarme y sepultar lo que queda de mi espíritu.

Pedí que abrieran tu ataúd para poder ponerte el fajo de hojas entre las manos, que a esas alturas no eran otra cosa que un ramillete mojado. Pablo no se negó, él conocía de cerca tus batallas literarias en el tallercito que los dos se impartían en una reciprocidad incestuosa y estéril –un ciego ayudando a un tuerto, dejame decirlo ahora, cuando ya nada importa–. Willy dijo que era muy complicado procurar mi descenso por la pendiente de tierra húmeda, pero se calló cuando lo miré con esa brutalidad campesina que él tanto repelía.

Fui bajando como una alpinista pendiendo de las sogas. Pablo hacía tensión desde la superficie, que no quedaba demasiado alta, pero que vista desde tu perspectiva, por decir algo, pertenecía ya a otro mundo.

Date prisa, dijo Willy. Y es que lo que hasta ese momento había sido una lluvia desconsiderada, amenazaba con convertirse en una tormenta ominosa, fuera de toda proporción humana. Los vecinos piadosos comenzaron a retirarse. El llantito de doña Luna se hizo como el río delgadito que te decía, hasta que desapareció.

Forcejeé un rato con la puerta angosta del ataúd. Podía ver tu cara tomada por las ojeras violetas y ese horrendo color mate que ahora tanto detesto. En ese forcejeo de voluntades, la tuya desde la muerte, la mía desde la idea ingenua de que deberías llevarte las hojas mojadas con el relato del chico sin corazón a modo de descargo de tu conciencia ante cualquier impensable juicio celestial, la uña de mi dedo anular se levantó íntegra, de raíz, como el caparazón diminuto de un animal. Quizás debí haber escalado en ese instante hacia el mundo superior, donde Pablo y Willy me esperaban ansiosos y al borde de una neumonía, pero entonces cedió tu puerta fúnebre y me apresuré a ponerte el ramito de hojas impresas manchadas de mi sangre. Y de pronto, ¡lo abominable! ¡La succión de algo, o alguien, que me quería en tu mismo cuento! Dedos que se cerraban rígidos y mezquinos sobre mi pulso sano. Un amor espurio, de ultratumba, obligándome a morir. ¡A morir con vos! ¿O acaso en tu lugar?

Fue tu mano izquierda la que me aprisionó la muñeca con la crueldad de una garra. Pablo y Willy dicen que grité, dicen que intenté huir arañando las paredes resbalosas de ese pozo. Esa es la parte que he borrado por completo. Tengo, por supuesto, algunas hipótesis que solo vos podés confirmar o desechar por los siglos de los siglos amén.

La explicación lógica que dio el forense, por ejemplo, es que vos fuiste de los pocos favorecidos que sobreviven a las dosis no infaliblemente letales de Racumín y que, de hecho, en una paradoja únicamente posible en la ciencia, mas no en la fe, el propio veneno actuó como anticoagulante, lo cual de algún modo permitió que tu organismo no se entregara por completo a ese maravilloso despeñadero que es la putrefacción. Te lo digo yo, que no he logrado recuperarme de "la escena A", como relata la psicóloga escolar, haciéndome creer que todo esto es un teatro, válgame.

Es cierto que luego me tranquilicé y que te tocaba la cara y las manos como imagino que las señoras que vieron a Jesús a la salida del sepulcro lo tocaban, entre el pudor y el estupor, entre la felicidad y el miedo.

Sin embargo, vos no eras el mismo. Y te tuvimos paciencia. No podías ser el mismo.

Supe que luego publicaste, no el relato del chico sin corazón, que ese seguramente terminó de pudrirse en tu nave abortada, sino otros libros que te han dado cierta fama. "Escritor de culto", te llaman.

Pablo y Willy dijeron que de todos modos algo había muerto en vos. Incluso el color pantano de tu cara tardó un tiempo en ceder.

El mismo tiempo, date cuenta, que ese color fue avanzando desde mis tobillos, por mi estómago, tomando mis manos, mis senos, recorriendo los hombros y el cuello hasta instalarse en cada poro de mi cara. Quizás los demás no se den cuenta, pero yo sí, y los niños. Los niños que, al despojarse de su infancia, van instalando distancias incómodas entre mi juventud impávida y sus imperfectas transformaciones.

A medida que pasan los años y ocasionalmente me los encuentro en actividades escolares, algunos púberes o a punto de graduarse, la sospecha de que mi crónica tristeza no es otra cosa que un desalojo se vuelve una constatación desgarradora. "La zombi", susurran a mi paso, entre risitas nerviosas y asqueadas. Los adultos, siempre más corteses, sonríen de costadito y dicen: "Silvia, usted jamás envejece", y yo sé que no es un elogio.

A veces, si estoy de buen humor, cosa cada vez más rara, concluyo que la psicóloga escolar tiene razón, que todo es "escena A" o "escena B", y entonces con mis niños del Kínder armamos el drama. Yo estiro los brazos, igualito a esos sonámbulos de los cómics, y usando esta voz que es ya puro espectro, juego a ser aquel personaje que vuelve, peldaño a peldaño, con sus zapatos pesados de lluvia, vuelve, siempre vuelve a reclamar las partes desmembradas de su cuerpo. Los chicos se ríen alborotados, especialmente cuando llega la parte de "¿dónde está mi corazón?"; no hay cosa más divertida que el morbo del miedo a la luz del día.

Pero de noche, en la casa, sin juegos ni risas infantiles, la tristeza me pudre. La tristeza es una mierda, un pájaro muerto todavía tembloroso.

Comprenderás entonces que esta noche no me levante de esta silla mientras no me ayudés a entender qué fue, en verdad, lo que pasó, lo que me pasó, cuando tu garra nefasta y desesperada, tomó algo de mí, algo auténtico y prodigioso, una llama que no te pertenecía. Comprenderás que mientras dure esta lluvia, en esta precisa fecha, tengo una oportunidad de recuperar eso, como sea que vos lo nombrés, eso que era profundamente mío y que me distinguía de vos o de cualquiera sobre la faz de esta Tierra. Mientras dure esta lluvia, te juro que yo de acá no me muevo.

Kè Fènwa

Yo no les temo a los restaveks. Desde que ocurrió lo que ocurrió algo ha cambiado. Los restaveks me ven y se escurren por entre los escombros. Solo uno se detuvo hace dos noches, cuando todavía no me animaba a merodear la zona y me mantenía acuclillada tras promontorios de roca removida. Me miró un momento, los grandes ojos amarillos de pupila ónix cercenaban la quietud traumatizada, la vergüenza de sobrevivir. "Tú eres mía", dijo. No sentí miedo. Quizás tenía razón. El restavek de ojos amarillos era ya un adolescente, su carne era joven. Se alejó sin prisa, no venía en grupo, y me extrañó que buscara la orilla del mar, sin miedo a la espuma. Si de verdad yo era suya, él también debería haber temido que la espuma salada le tocara la piel. Porque es así. En estos casos, el agua es tu enemiga.

Más tarde, mientras caminaba hacia las fosas con el hambre oxidándome la garganta, pude ver cómo el muchacho permitió que el oleaje le golpeara las piernas flacas. La sola idea me produjo arcadas y un dolor como un puño al costado del estómago, donde los perros tienen el hígado. Me arrodillé y vomité.

Antes del amanecer, después de escarbar las fosas, había conseguido refugiarme entre las ruinas de San Rafael. Crucé escuelas rotas, asfaltos rajados, hasta que encontré el lugarcito. La sombra no me iba a durar mucho tiempo. Cuando el sol se levantara, la luz iba a colarse por los resquicios y a martillarme sin piedad; además, me dolía el costado. No podía estar más deshidratada. Cerré los ojos un rato. Como todas esas noches desde que ocurrió lo que ocurrió, no soñaba, ni siquiera sentía una verdadera angustia. Pero cerré los ojos por pura costumbre, buscando en la vieja oscuridad alguna respuesta. Lo jodido era que no tenía una pregunta concreta.

Supe que me miraba a través de sus tajos dorados, me miraba con el cerebro y más atrás. El restavek me había seguido y, con la mesura de un zorro, me escudriñaba.

Busqué un pedazo de cualquier alimento en mi morral, pero solo tanteé mis zapatos. La cueva improvisada en la que finalmente había alcanzado una especie de sopor parecido al sueño estaba vacía. Era el pellejo fósil de días distintos.

El muchacho rio despacito. No era otro alimento el que buscaba. Era a mí.

Pensé en algún olor que pudiera haber atraído al restavek. No sudaba. Mis axilas eran también dos cuevas secas, agrietadas, y no podía recordar cuándo me había venido la regla por última vez. Ni siquiera los perros malacostumbrados de Puerto Príncipe me habían olfateado; no podía considerarme una presa fácil.

Moví los dedos de mis pies, calculando la velocidad que les tomaría prensar las rocas, impulsarse, correr. La respuesta fue tardía.

De modo que miré de frente al restavek e intenté sonreír. Él también estiró la boca. Los dientes blancos eran un peligro. Di dos pasos hacia él pero ni siquiera hizo el intento de retroceder. Su respiración era pausada pero exhalaba determinación, las fosas nasales se le dilataban y se le cerraban como si ese movimiento fuese controlado desde algún comando de su cerebro.

¿Qué quieres?

Metió la mano en el bolsillo del raído short y la sacó con un gesto torpe, sin magia, estirándola hacia mí, apretada.

¿Tienes hambre?

Su voz tenía matices. Esto me asombró. No solo en los ojos quedaba una chispa de fuego, sino que la voz poseía infinitos timbres humanos. Yo, en cambio, me sabía torpe, encerrada en mi propio cuerpo, en posesión de un pánico incoloro, sin razones.

¿Tienes hambre?

La mano seguía tendida, apretada, secreta. Era una ofrenda mezquina.

¿Qué es eso?

El restavek sonrió otra vez. Temí una trampa. Hubiera preferido quizás el ataque frontal, algo habría encontrado en mis nuevos instintos para defenderme. El olor viscoso me apretaba las tripas contra las vértebras. Vaya que sí tenía hambre.

¿No quieres?

El restavek abrió la mano y reconocí tres peces muertos. Podía contarles los huesitos a través de su transparencia. Me dieron asco. Olían a algas.

No.

El muchacho se encogió de hombros, tomó un pez y lo sorbió como a un gusano. Hurgó entre los dientes los residuos de una espina y devoró los dos restantes.

Vomité cosas verdes a sus pies.

II

Despierto ahora bajo una lona polvorienta, justo donde el terremoto ha hecho de la tierra una perra ofrecida de la peor calaña. Los fetos ancianos se amontonan festejados por moscas coloridas.

Va a llover, dice de pronto la voz adolescente.

Me toma un tiempo sentarme, reconocer mis pies, mover los globos oculares, pero aun más torcer el cuello. Es este el movimiento más difícil.

Por fin lo hago. Ladeo un poco el cuello y veo al muchacho de ojos pálidos. La piel carbón lo protege de cualquier locura iluminada, la luna, las linternas de los rescatistas, los flashes, las eventuales fogatas que otros restaveks montan en los acantilados o en las carreteras abandonadas para asar la carne que, en franca putrefacción, ya casi nada tiene para ofrecer. Sin sus falsas familias, la única opción es convertirse en pequeños piratas.

¿Va a llover?

¿No ves la luna? Se le han montado las nubes.

Es cierto. Carcomida por las nubes, la luna es toda amenaza. Antes habría suspirado, resignada, pero ahora es difícil hacer pasar el aire por los vericuetos del tórax. Además, cualquier inhalación confirma el vacío, la enorme hambre. No quiero otra vez caminar, enfrentarme a las gentes que hurgan en búsqueda de míseros tesoros o, en el mejor de los casos, que intentan recuperar los cuerpos rotos de sus familiares. Permanezco quieta, sometida a esta especie de tortícolis sedada.

Lloverá. Pero no hay de qué preocuparse, la lona es gruesa.

Abro el morral y busco mis zapatos. Me los calzo con dificultad. Lo malo de cerrar los ojos en este estado es la sensación de hielo que sobreviene después, un castigo por pretender la ensoñación, la fuga. Me cuesta mirar. Apenas puedo calcular los agujeritos por donde trenzar los cordones.

El restavek observa disfrutando mis dificultades. No dice "te ayudo" o "no hay nada que hacer con eso". De todos modos, no puedo estar segura de que esos sean sus pensamientos, suponiendo que los tenga y que su cerebro no esté ya colonizado por comandos; distingo mejor otros niveles, el preciso incrustarse del hígado en la panza de un perro, por ejemplo.

¿Hace cuánto que no comes?

¿Hace cuánto que estoy aquí?

Dos días y, con esta, dos noches.

Pues bien, eso hace que no como.

Podríamos subir hasta las fosas.

Lo miro con rabia, ofendida; eso pretendo. Aunque no sé si con las órbitas congeladas alguien pueda mirar con rabia. Lo miro entonces en silencio, aferrada a una dignidad que me va abandonando sin consideraciones, una dignidad que aquí no funciona. Hambre es hambre. A él no parece perturbarle la cara de obsesa que debo tener.

A esta hora solo están los restaveks, tú no les temes, ¿verdad?

No.

Entonces, vamos. La lluvia puede esperar un poco. Fíjate que hay gaviotas.

No son gaviotas, son buitres.

Son gaviotas, el pico es más largo. Pero la especie es lo de menos ahora. Vamos.

Caminamos a dos ritmos. Él avanza rápido, a grandes zancadas, de modo que cada cierto tramo tiene que detenerse y esperarme. No es que yo camine lento, pero me resulta raro arrastrar los zapatos. El contacto con la tierra me sosiega. Los llevo en realidad para no pisar los charcos que de pronto brotan por entre los escombros armando emboscadas aquí y allá. Aunque el muchacho me tranquiliza con eso de que han cortado el servicio de agua, siempre queda alguna cañería enloquecida.

Solo unos cuantos chiquillos hurgan entre las fosas. Convertidos ahora en pequeños asaltantes, una ambición distinta les libera el corazón de esclavos. Buscan tesoros. Ropas, collares, costosos amuletos y hasta cabelleras les sirven. Se dan prisa, pues saben que muy pronto los guardianes sellarán con cal esas fauces por ahora a cielo abierto. Nos acercamos con cautela. No nos escuchan. Arrastro mis zapatos en silencio, reptando. El vaho de minerales venenosos me hace tolerable la avanzada. El restavek ni siquiera respira.

Un muchachito le abre la boca a una anciana. Nada encuentra allí, es un túnel estéril. Le abre la boca a un hombre obeso, a quien le han vaciado ácidos en el vientre explotado. El chiquillo se desata el trapo que le cubre la cabeza y, a manera de mascarilla, se protege la nariz. Viene otro en su ayuda y le alcanza un alicate. Brega un rato. Lo intenta el otro. Viene un tercero y por fin consiguen arrancar el diente de oro. La visión de la sangre no del todo líquida me hace crujir el estómago.

Alarmados, los chicos saltan violentamente hacia el fondo de la fosa y fingen una rigidez imposible. Desde acá diviso los pechos agitados, nerviosos, hinchados como los de palomas negras. Creerán que somos guardianes. El restavek me dice que busquemos otra fosa, allí no hay mucho para nosotros.

Bajamos hasta los pozos semicubiertos, donde algunos cuerpos han sido marcados por etiquetas con nombres. No pienso tocar los que están señalados. Sin embargo, el restavek alza un cuerpo de niña: el pelo largo, enculebrado, no ha sido todavía invadido. El restavek lo olfatea, olisquea la cabeza, el vientre, sonríe otra vez con los dientes perfectos del horror; la deposita en el borde, le quita la blusa y la deja expuesta a la luna.

Con una sagacidad nueva en mí, observo el cadáver infantil y me detengo en las sienes, anticipándome a la suavidad de sus mullidos sesos. Mis canillas y mis manos se agarrotan con la autonomía del instinto. Pero una gota de lluvia me quema y corro hacia la parte cubierta de la fosa. Si es necesario, excavaré cuerpos para protegerme, me encogeré en esos nidos como una larva.

A tiempo.

¡Vienen!, dice el muchacho. Me tiro sobre un cuerpo signado como "Tinok", un cuerpo casi sin volumen. El hueso de la rodilla me hinca en la espalda. Pero no hay dolor. Solo contacto.

Un haz maldito de pronto serpentea en la fosa acompañado de voces y reclamos. La luz de la linterna diseña animales, galaxias, otros cráteres en los cuerpos. Me buscan. La linterna arremete contra mis pies. El restavek habla en creole con los guardianes y, aunque no entiendo, sé que son palabras sumisas, temporales, palabras políticas acaso. Me quedo quieta, no es demasiado esfuerzo, cierro los ojos. Intento controlar el hambre despiadada, apretar las vísceras. Ya habrá menudencias para embutir, es una promesa. Una promesa hecha desde el fondo. Descienden hasta donde estoy, me desatan los zapatos, me los quitan, también quieren mi pelo. Una navaja se afana rasgando las hebras casi desde la raíz. Me preparo para no gritar por si me arrancan un trozo de cuero cabelludo, aunque es posible que no sienta dolor ni nada. Eso sí, puedo oler al guardián. Huele a pus, a polvo y a gasolina, pero por encima de todo está el inconfundible olor a grasa. Me entran ganas de llorar. El conmovedor olor a grasa, son esas las cosas que uno recuerda y las que ahora galvanizan el músculo dormido de mi corazón. Podría hincarle el colmillo en el cuello sudado. Tomar de él todo, las proteínas, los hidrolitos, el hálito. Más le vale guardar la distancia.

Cuando se marchan, me mantengo quieta un rato más. Los ojos amarillos cuidándome.

Se han ido.

Volverán, no podemos estar seguros. Y todavía hay luna.

¿No ha llovido?

Solo un poco.

Oh, por Dios.

Digo "oh, por Dios", el restavek se ríe y por primera vez me siento vergonzosamente inadecuada. Las palabras acá son el pasado. Chalas de maíz. El restavek zarandea los zapatos en mi cara. Me los devuelve.

¿Y los otros? Los...

Ya tienen lo suyo.

Claro. Toco con gestos torpes las raíces hoscas de mi cabeza. No extraño las hebras largas. En realidad, solo me gustaría engullir algo, saciar las tripas. Después ya se verá.

Tengo a la niña.

La niña...

¿La quieres?

Yo... Es una niña, es...

Así no vas a sobrevivir.

Si hasta parece un chiste, "sobrevivir". El restavek deposita a la niña a mis pies; es casi una ofrenda. Ha sabido protegerla y la cabellera intacta se desparrama impune como una tarántula sobre las piedras desiguales.

Ahora no me atrevo a tocarla.

El restavek se aleja, dejándome a solas con el cuerpo.

Pensé que la compartiríamos, pero ahora no estoy segura de que él realmente pertenezca a mi especie. Sin embargo, la clarividencia con que lee mis necesidades, mis instintos, solo puede provenir de mi misma semilla.

Lloro de hambre. Tengo a la niña a mis pies y lloro de hambre. La humedad de las lágrimas quema los pómulos, el cuello, el camino entre los pechos. La cicatriz.

Me agacho, la olfateo, doy la primera mordida en la mitad del vientre, justo bajo el ombligo diminuto, por donde –quizás esté loca y eso lo explique todo– sé que la niña me mira. Me controlo. No puedo abandonarme de este modo, dispersa en tanto instinto. Me masajeo las órbitas con los índices. Llorar me daña. Muerdo una vez más, la piel es firme pero cede y se hace fibra, y muerdo otra vez, lleno mi paladar de esa materia cruda y todavía limpia, y sin masticar asciendo, apartando ovillos pegajosos con la nariz, ya llegaré al hígado.

III

La negra convoca espíritus, llama a Lugán. Susurra, gime, derrama palabras en creole y ríe, llena de lascivia o felicidad. Ahora se convulsiona a merced de los tambores de los negros, ahora cae al piso sin parar el frenético meneo. Incluso los restaveks beben el mejunje y bailan al son de ese Ra-Ra en notas profundas y roncas, como el bramido del mar cuando lo enfrentan. La voz de la negra es lo único agudo en la noche descomunal; me recuerda al llanto de las cholas de mi país cuando el viento arrecia contra las montañas y en el eco ellas reconocen el enojo de quinientos años de sus Achachilas. Yo les llevaba medicamentos que luego encontraba en los contenedores de basura. Ellas se curaban con sus propios secretos.

Ahora las cholas se han transformado en sirenas gordas y felices y participan de esta fiesta.

Levantan a la negra y le acarician la greba de tatuajes. Se dirige hacia nosotros.

"Mambó la invita", dice el gran Bokor. La negra sonríe toda posesa extendiéndome las manos.

Mis manos respondiendo a la invitación es lo último que veo antes de abrir los ojos. He tenido un sueño, he tenido un sueño y no estoy esperanzada o asustada. Intento fantasear con la posibilidad loca de haberme desprendido. Me imagino, yo, en un lugar distinto, yo en un pueblo de Arkansas, aprendiendo un idioma universal, algo que me permitirá cruzar los tiempos. "Soul", digo en voz alta. Esa palabra me gustaba.

El restavek ha estado velando mi sueño, la impostura de este sueño.

En otro momento, las imágenes se limpiarían con un vaso de agua. Un vaso de agua es a una pesadilla lo que un cadáver a un perro.

Palabras como chalas de maíz.

¿Por qué me cuidas?

El restavek se encoge de hombros. Él tampoco ha comido lo suficiente y las clavículas son flechas atenazando el cuello joven.

Hace noches que deambulamos por los márgenes de Puerto Príncipe, a la orilla de las carreteras. Vamos hacia Maguana, lejos de la bahía. El restavek a veces se sube a un árbol y mira hacia el Poniente. A veces se le encienden los ojos amarillos, pareciera que avizora lo que busca.

Una noche baja emocionado, estamos cerca, dice, me toma del codo para continuar la marcha. Obedezco. Los movimientos de mi cuello y brazos se ralentizan cada vez más, solo las piernas responden.

El ronroneo de un coche nos pone en alerta. El restavek me empuja hacia una hondonada. Pasa un coche antiguo, como si todas las zanjas de Haití se hubieran descosido y se despertaran los muertos de siglos, las máquinas incluidas. Tres personas a bordo. Denunciadas por la luna, las caras de los hombres son máscaras blandas, sin el rigor de los que, como yo, batallan con la vergüenza del hambre.

Baby Doc...

¿Quién?

Ha vuelto. Baby Doc ha regresado.

Entre los viajantes está también el gran Bokor, lo reconozco. Y es eso, las ojeras naturales agriando los ojos, la nariz de respiración amplia, la boca lasciva, lo que me trae ráfagas de mi desgracia. Pongo la mano sobre la cicatriz.

¿Qué pasa?

Es el Bokor...

Por toda respuesta, el restavek saca del bolsillo pececitos muertos. Sabe que me provocan náuseas, que un día vomitaré mi propio hígado, y que aun así obedeceré sus órdenes. Los devora en un santiamén.

Por favor...

Sí, ¿qué querías? Esta es la noche de Baby Doc. Viene por lo suyo. El gran Bokor se lo va a dar.

Todo el mundo acá viene por lo suyo.

Si tuviera matices, mi protesta sorda hubiese brillado. Pero la voz no es lo mío. No ahora. El restavek me comprende igual. Sabe que un cansancio sin tiempo va contracturando mis últimos músculos. Y que lo seguiré en la asfixia que es esta tierra, con la humildad de los ciegos.

Me dice entonces que en ese lugar, en la casa del Bokor, hay algo que me pertenece y que debo recuperar. Vaya, no solo Baby Doc viene por lo suyo. Esto de volver a recuperar cosas perdidas es, al parecer, un estigma de nuestra especie.

Aprieto los ojos, deseando subsumir las órbitas, fundirlas con las amígdalas, vomitarlas luego; no quiero el recuerdo. Probablemente sea mejor esta procesión eterna, huyendo del agua y de la luz, mendigando trocitos tiernos de hígado, acechando animales enfermos.

¿Por qué me ayudas?

El restavek sonríe, baja hasta el riachuelo que ha formado una cañería rota. Agua contaminada seguro. Se acuclilla, se salpica la cara y los hombros, se revuelca, vuelve a acuclillarse y observa por unos segundos el reflejo de su cara como un Narciso humilde. Los omóplatos brillantes a punto de partirle el pellejo lo asemejan a un buitre. El chico es así de lindo, negrito como un ave carroñera.

El gran Bokor tiene la sensibilidad de un bizango, me explica el muchacho, y podría olerlo a leguas. De modo que se enjuaga el culo y las ingles con especial cuidado. Y dice también que vamos a ir a tomar lo que es mío y que quizás entonces pueda emprender mi propio camino. Al fin le doy la espalda; el agua, aunque esté sucia, es mi enemiga.

Para llegar al templo del gran Bokor deberemos caminar horas, eludiendo guardianes y periodistas extranjeros. Somos una pareja solitaria y con pocas posibilidades de adaptarnos, por lo menos yo, que solo pienso en mi propia ración de comida.

Lo peor que podría ocurrirnos es que nos atraparan para estudiarnos.

¿Estudiarnos?

Los de afuera. Se han llevado a varios para estudiarlos.

Me paso la mano por las púas de la cabeza. Pienso en un bosque tupido, un sitio donde vivir.

Cuando llegamos a lo del gran Bokor, el sol cuelga bajito. Lo tolero. Es un sol lastimado también. Nos encaramamos en un árbol. Me cuesta horrores subir, doblar las rodillas, prensar con los dedos.

En el claro del bosque no hay nada. Una cámara desde un helicóptero seguramente nos confunde con un par de cuervos pacientes. Acá todos los pájaros se han ennegrecido y practican la espera. Hacia el mediodía, con el sol nublado de polvo sobre mi cabeza, el restavek me da un codazo que, por supuesto, no consigue espabilarme nada. Tardo un rato en acomodar mi cabeza entre las hojas para mirar: hay movimiento. Mujeres de blanco traen el sillón del gran Bokor al centro de la isla. Yo conozco ese sillón. El recuerdo me dobla. Es el dolor en el pecho, la falta de aire. La cicatriz.

Calma.

El restavek sabe que estoy recordando, me ha traído aquí para eso. *Recuperar lo que es tuyo*. ¿Qué hacías antes?, ha preguntado en el camino. Antes, dije, antes, antes. Y estuve diciendo *antes* sin convocar ninguna imagen. Recién al rato se me ocurrió que yo hacía algo divertido, yo era maestra, yo multiplicaba el tiempo por el espacio y atravesaba velocidades increíbles y transformaba en números lo que antes había sido materia. Antes nunca tenía tanta hambre, le respondí.

Una muchacha con un ombligo muy bonito, una preciosidad, barre el sitio con una palma. El terremoto no ha revolcado el lugar, no hay quebraduras en ninguna parte. Un muchacho acomoda leños en el centro y arma un techo de palos flacos sobre la potencial fogata. Yo sé, yo sé. Oh, yo lo sé. La chica junta toda la basura y la mete con sus propias manos en una bolsa. El muchacho se acerca y la estrecha por la cintura, como si fuesen libertos, como en otros tiempos, la toma y la besa. Es amor. El dolor en mi pecho es ahora insoportable. El restavek se da cuenta y me tapa la boca. No le muerdo la mano por esta rara obediencia que me cubre entera.

IV

La luna es un alivio. Duermo aferrada a una rama. Ahora el desafío es estirar las rodillas, desentumecer los cartílagos. El restavek come lagartijas. Prefiero esto, no me produce tanto asco.

Mira.

Acomodo el cuello cada vez más rígido y miro. El gran Bokor le quita los zapatos a Baby Doc. ¿No hicieron lo mismo conmigo? A mí también me quitaron las Nike. *Les hago un nudo para colgarlas de un gajo y el Bokor dice que no es bueno anudar los zapatos, ni siquiera para guardarlos, uno nunca sabe con qué calzado lo encontrará la muerte y si están amarrados cargarás la condena infinita de dar pasos cortos en esa otra ruta desconocida. ¿Cuál será la prisa en ese otro lado? Pasos cortitos, cortitos, bordeando el abismo.* A Baby Doc le hacen un corte en los talones para que sepa por dónde volver. Yo no dejé rastro de mi sangre. Me he perdido. *Mambó llama a otras negras, algunas de ellas muy jóvenes y muy flacas, todas desnudas, también con los pezones tatuados.* Un niño le alcanza a la negra principal un mok lleno del mejunje de sapos; la negra lo bebe y escupe un poco en la tierra. *No supe si eran sapos, como en los cuentos, pero era una sustancia que te metías en el cuerpo para agredir la realidad.* Baby Doc sonríe y él también escupe cosas verdes en la arena. Traen un cerdo pequeño y el Ra-Ra se levanta como una ola. El Bokor le hace un tajo certero al animal, el chillido es breve y agudo; le saca el corazón que todavía se contrae y expande, la vida resistiendo, en medio de todo, como un acto de fe. Me cruje el estómago de hambre. Estoy perdida en lo elemental. Baby Doc toma el amasijo tan parecido al humano. Se trata de aprendizaje. Deben aprender a no lastimar el corazón, es un puño frágil y un mal corte podría partirlo en dos. "Kè Fènwa", dice el gran Bokor, levantando en alto aquel bollo sangrante. Las ofrendas deben ser siempre perfectas.

Kè Fènwa, responde Baby Doc, sonriente. Mambó lo cubre con un paño blanco.

Yo, en cambio, fui en contra mía. *No opongo resistencia cuando Mambó me quita la polera. Ni cuando una negra flaca me quita mi anacrónica faldita de croché y el calzón. Nunca he sabido bailar, de modo que la agitación de mi pelvis debe responder a la voluntad yuxtapuesta, o al vaciamiento que, sin saberlo, ya había empezado a producirse en mí. Personas como chalas de maíz. Un chwal recita profecías en creole y los negros aplauden y lloran contentos. Yo también aplaudo. De pronto, de alguna parte surge un perro, no parece un bizango porque el chwal le extiende la mano izquierda y el animal le lame la palma. La lengua es rojísima. El bicho parece estar cómodo, deben haberlo entrenado para estas ceremonias. El pelaje negro resplandece a la luz de las dos fogatas, la central y la más pequeña, sobre las que asan manzanas y hacen hervir el mejunje enajenador. Dos mujeres se ocupan de mis brazos, me pasan un aceite tibio por los hombros, se detienen en los codos, las palmas, los dedos. Cierro los ojos. Cuando los abro, el perro está frente a mí. Nos miramos. Eso es también una mirada. La naturaleza no es unidireccional. No hay superioridad. Soy tan solo la prueba fáctica. La prueba por la que viajé hasta Haití, buscando la confirmación de mis teorías. El perro lame mis rodillas, sin servidumbre, más bien conquistando. Lame los muslos y, vencida, vencida con una facilidad que me espanta, los separo. La lengua rojísima del perro da una primera lambida a mi vulva y vuelvo a cerrar los ojos. Su hocico húmedo y tibio no hace daño. El Ra-Ra se ha elevado al cielo.*

¿A qué ha venido?, preguntó el muchacho al principio, cuando me vio anotar cosas en mi libretita. Yo había dicho "vine a enseñar". El muchacho

rio, antes como ahora, la misma risa de dientes filos. Enseñaba castellano, es decir poemas y canciones, enseñaba a usar computadoras, recogía mis datos en la libretita. Física, decía la libretita. ¿Qué es Física?, preguntó el muchacho. ¿Qué va a enseñar?, preguntó. Y miré el mar, con toda esa agua amontonada, y dije con soberbia: es la explicación humana de cómo Dios domó, partícula a partícula, la naturaleza entera. La curvatura del ala de un pájaro deforme, la fetidez de las algas pudriéndose en la primera transparencia del mar. Los incontables átomos de oxígeno hinchando el Atlántico cuando está bravo. La explicación humana, sonrió el muchacho, dibujando líneas en la arena con el negro dedo gordo de su pie. Señor, con tu dulce crueldad, abre la tierra a mis pies, sonríe Baby Doc. 78000 quarks de voluntad divina.

Esto pensaba, recordaba, mientras el perro me lamía. Me lamía. Abría los ojos y ahí estaban los ojos del animal, en comunión absoluta con mi placer. Era el mío, sin embargo, un placer generoso; podía ver los rostros de gente que amaba, el de mi madre en ese antes irrecuperable, el de las cholas obesas, el mío propio cuando no había cumplido los siete años. ¿Cómo podía yo elevarme de esa manera? ¿Cómo podía yo estar dividida de un modo tan... cínico? Era yo y no quería estar en otra parte, sino allí, lejos de mis Nike, descalza.

Mambó le alcanza a Baby Doc una manzana asada. Baby Doc toma ambos extremos del palo en la que, ensartada, la manzana sangra mieles. Baby Doc la muerde. El gran Bokor da una orden y una niña trae un frasco. Algo flota en el frasco. Pienso en naturalezas muertas. Pienso en llanuras de tierra lisa, sin heridas. Pisadas de caballos sanos palpitando en ellas.

Temía que aquello acabara. ¿Qué iba a ser de mí después de esa explosión? ¿Qué iba a ser de mí, Dios mío, mi Dios? El Gran Bokor se acercó con aquella daga lustrosa. Un dolor metálico en el pecho me condujo de *inmediato a las temidas tinieblas y supe que mi ruego ya no podía protegerme. Esa era, esa y no otra, la verdadera desnudez, el Pudor Original. La física pura. Los huesos del tórax se rasgaron, crac, crac, como quien abre una caja de bombones. El gran Bokor recogió mi regalo involuntario con ambas manos.*

Tenemos que irnos, dice el restavek. Después podemos volver.

No, no...

El restavek levanta la cabeza. Yo, a estas alturas apenas puedo con el cuello. Cuello y vértebras son una sola muerte. En la caverna vacía de mi pecho zurcido ya nada late. Escucho, sin embargo, el zumbido de un helicóptero, las aspas mutilando árboles, los reflectores sobre Baby Doc que ha regresado. Niños entregando sus botines, muchos dientes de oro, muchos muchos dientes de oro. Fe salvaje sobre Baby Doc.

Dos camarógrafos corren hacia nosotros.

Yo vomito. Vomito cosas verdes.

¿Qué era eso?, pregunto entre burbujas y coágulos.

El camarógrafo se para en seco y le dice a su compañero: Nous l'avons trouvé. C'est la professeure!

Asqueado, el otro contesta: C'est le choléra!

¿Qué era eso?, insisto. Pese al ruido, a la noche interrumpida, sé que el restavek sabe a qué me refiero y que me tiene lástima. Amor y lástima. Una piedad atribulada y ahora inútil. El secreto flotante en el frasco es lo que he venido a buscar. Sus ojos desaforadamente vivos lo confirman.

La piedra y la flauta

Puede que sea él, puede que no. La calle formatea las caras de los indigentes con un mismo rictus. Esta idea no es mía en realidad, se la he escuchado a Mark un montón de veces, cuando debemos hacer informes de las entrevistas con sus autodenominados "discípulos". Mejillas chupadas, boca seca, mirada fija. Todos dicen prácticamente lo mismo, que convive con ellos como uno más, comparte sus raciones de comida, duerme en los mismos cartones, sufre el mismo frío de las madrugadas, respira el mismo aire putrefacto de las cercanías a las alcantarillas, y que también, por supuesto, entiende el lenguaje de las ratas. Y que cuando se enferman, los abraza por la espalda durante toda la noche protegiéndolos de cualquier visita indeseable. Demás está decir que todos nuestros entrevistados lucen parecidos, mejillas chupadas, boca seca, mirada fija y profunda, esto último quizás lo único vital en esos cuerpos desvitaminados, desproteinizados, casi casi desocupados, como quien apenas necesita el cuerpo para otra cosa, más allá de la carne y sus pequeñas satisfacciones fisiológicas.

Mark le puso el mote de "el flautista de Hamelín", por lo de las ratas, pero específicamente, y este es el detalle que en realidad me activó la hipótesis, porque, según los sucesivos testimonios, su instrumento no es exactamente una flauta, sino más bien una invención nacida del azar y la pobreza. Necesitaban avisarse unos a otros cuando hubiera redadas, necesitaban hacerlo con algo más eficaz que sus propios cuerpos enfermos, y él improvisó esa flauta amarga con un pedazo de tubo Bergman, resto de alguna cañería rota, le hizo tres huecos con algún clavo oxidado, y sopló. Lo que vino fue un sonido ácido y ronco avanzando por el útero largo de la alcantarilla, y después el ensamblaje accidentado de una onda tras otra y tras otra, con lo cual no podría decirse, según afirman los que lo han escuchado, que ha florecido una canción, una mínima melodía, sino más bien una vibración oscura, total, que rebota en los riñones y que da ganas de llorar.

De modo que ahora, desde la ventanilla del micro, escuchando un análisis que un radialista de voz de trueno improvisa sobre "Las horas de acefalía de la Gran Babilonia", cuando el planeta se cubrirá de tinieblas, pero se tratará solo de una momentánea y necesaria bruma moral y bla, bla, bla, descubro el perfil del flautista que camina por la avenida, en dirección a los canales, seguido por dos adolescentes harapientos. Bajo la claridad de la tarde, su cara revela ángulos maravillosos. Intento encastrar esos rasgos en la cara que, aun borrosa, he guardado en el puto clóset de la memoria durante todos estos años.

Seria para un joven en los comienzos de la veintena, la cara de mi tío me parecía la de un héroe hippie. Mamá tildaba de hippies a todos lo que se dejaban barba y el pelo un poco largo, pero ella sabía, yo sabía que sí, que su primo político, mi tío, era algo más que eso. Cuando íbamos a la mercería a comprar los hilos con que mamá elaboraba como una poseída los tejidos de macramé para atravesar mesas, decorar hamacas, inodoros, camas y pisos, veíamos hippies por todas partes, pues la mercería quedaba justo en la calle de la disquera, en cuyo umbral los melenudos se apostaban a fumar escuchando la música que brotaba gratis de la tienda. Entonces yo no sabía que ese grito agudo y fascinante, ese gritito que llamaba o anunciaba o se dolía de un verano sangriento, era la voz de Janis Joplin.

Mamá no había llegado a decirme que no charlara con él, pero el hecho de que ella misma impusiera una distancia callada funcionaba como una censura. Si vivíamos todos juntos y revueltos en la misma casa era porque a papá le faltaba "poco" para defender su tesis y porque mi abuela no podía, no quería, pedirle a mi tío que se buscara otro lugar y menos enviarlo al Chaco donde mi abuelo tenía una granja, privilegio que se había ganado primero como ex combatiente y luego como revolucionario durante el entrevero de la Reforma Agraria. Ese chaco era el depósito de los secretos. Además, ¿qué iba a hacer mi tío en esas tierras? Lo suyo era leer esos libros gordos con las figuras de seres humanos en carne viva, fumar pensando en la inmortalidad de las moscas y escuchar el mismo *long play* en inglés una y otra vez. "Es huérfano", decía mi abuela, aunque a mí entonces me parecía que esa lástima era una grandísima exageración para un tipo que era ya todo un hombre. Mi propia madre había enterrado a su madre en esos años y no se definía como huérfana. Quizás mi abuela quería simplificar sus sentimientos, la pena o la culpa de no haber comprendido mejor a su hermana, "la difuntita", como se refería a ese fantasma, porque lo era, y luego esa especie de vergüenza que fue criar a mi tío, alternando explicaciones pelotudas. "Es huérfano y nunca estorba", recalcaba mi abuela. Y era cierto, mi tío pasaba la mayor parte del año en Sucre, donde estudiaba medicina, y en las vacaciones salía poco de su cuarto. Y cuando salía era como si un incómodo resurrecto ascendiera desde el infierno y comenzara a pedir cuentas, aunque no decía ni mu. Se apoyaba en los troncos ornamentales en los que mamá exponía su macramé y fumaba con una serenidad perturbadora. Todo esto lo digiero mejor hoy, con los recursos que da la adultez, pero entonces podría decirse que yo simplemente estaba fascinada, o hipnotizada, o enamorada. Cosas de nenas.

Por lo tanto, el identikit que armo con los rasgos del flautista no es nada confiable. Igual, las náuseas que persisten por las vergonzosas cantidades de antivirales que he debido tomar para esto del herpes me obligan a pegar el espinazo al espaldar del asiento. Además, el micro ha comenzado a avanzar lentamente en el atolladero de las tres de la tarde y ahora solo veo al flautista de espaldas, descendiendo por el canal con sus dos improvisados discípulos. El pelo canoso, alborotado, sigue siendo juvenil. Era su pelo, quizás, lo que yo más amaba. He dicho "amaba" porque es verdad, a los siete podés amar, de un modo intuitivo, incompleto, y maravillosamente irracional.

Tengo pues siete años. Agustín, mi tío hippie, acaba de llegar de Sucre, donde estudia medicina. Su maleta despanzurrada en el piso de su cuarto huele a colla. A mí me gusta ese olor, esa mezcla de hierba y encierro. También me gusta mi tío. Los ojos negrísimos y la seriedad de su cara que apenas cede cuando me ve. No llega a distender en una sonrisa los músculos concentrados, pero hace el intento.

Te traje esto, dice.

Me acerco con cautela, como me acerco a un animal hermoso, como me ha enseñado papá que me acerque al león viejo del zoológico.

¿Qué es?

Averigualo vos, dice mi tío. A diferencia de papá, mi tío no tiene panza. Sin camisa, su barriga es un acordeón de piel dura, morena. También asoman sus costillas.

Tomo el cilindro de madera con signos pintados de violeta. Un círculo con una Y invertida y al lado una estrella formada por dos triángulos encaramados el uno en el otro.

¿Es una flauta?

No, no, qué va. Exploralo, dice mi tío. No se ha cortado las uñas de los pies, pero esto, en vez de darme asco como me dan los pies de papá, me hace latir fuerte el corazón.

El cilindro tiene un ojo pintado en la tapita de vidrio que lo sella como a un jarabe para la tos. Pongo mi ojo en el dibujo y al principio, mientras la pupila se acostumbra a ese astrolabio interior, lo que hago es contar las piezas según sus formas: tres triángulos partidos como rajas de pizza, tres redondos, dos triángulos completos pegados por la base, un cubo y un solo rectángulo.

¿Es como un ábaco?

No, tonta. Levantalo contra la luz.

Contra la luz ahora sí las figuras geométricas parecen moverse por cuenta propia, hinchándose con su propio color. Agito el cilindro. Por unos segundos se forma una flor, un trébol, un racimo de plátanos, un payaso triste.

¡Qué hermoso, Agustín! ¡Gracias!

Es un caleidoscopio.

Solo le falta la u.

¿Eh?

A esa palabra que decís. Las vocales. Las tiene casi todas. Falta la u.

Ah, claro.

Y además tiene nombre de cosas de doctor.

Es cierto. Todo lo que termina en "copio" se refiere a mirar o escuchar.

Yo pensé que era una flauta. Como esa que te gusta tocar.

Eso tampoco es una flauta.

Mentiroso. De esa cosa sí sale música.

Sí, pero ni es una flauta ni es música. Es un canalizador de vibraciones.

¿Un qué?

A mi tío no le da tiempo de responderme. Mi madre se ha parado en dirección a la ventana con la insistencia de un búho. No me llama ni dice que es hora del vaso de leche o de los remedios. La mayor parte del tiempo estoy inflada por la retención de pis, pero no me duele nada. Solo extraño el sabor en las comidas y por eso, cuando nadie me ve, me meto a la boca puñados de tierra. La sal es mi veneno.

De todos modos miro a mi tío con pena infinita. Nunca sé si tendré la oportunidad de charlar con él otra vez.

Gracias por el coloroscopio, digo.

Casi todas O, sonríe mi tío. Pero la suya no es una sonrisa suelta, relajada, sino la intención dolorosa de un contacto.

Mark dice que debería tomarme unas vacaciones. Hace dos años que no las saco y tanta mierda negativa se acumula. Se refiere, más que a los indigentes, al caso de los peces contaminados. La consultora ha tenido un desempeño óptimo en su lustro de existencia, trabajando para la gobernación en el diseño de programas integrales de calidad de vida, y casi puedo sentirme orgullosa de estar en esto desde el comienzo. Solo que las pocas veces que me ha tocado hacer declaraciones públicas no puedo evitar meter la pata. Mark tiene que arreglar los entuertos con su don natural de diplomacia y su agudísimo olfato político. Para ser extranjero, Mark conoce mejor que yo estas arenas movedizas. Los peces contaminados del Piraí involucraban al propio alcalde, a su oportuna permisividad con los empresarios que dragaban el río buscando ese mineral de nombre impronunciable que detectaron hace relativamente poco y que puede llevar la carrera espacial del primer mundo a niveles insospechados. El lío me activó un herpes brutal en el labio inferior y luego estas náuseas sordas, prolongadas, como si el universo entero me provocara asco.

Mark dijo que no se trataba de que el trabajo fuera un calvario. Por qué carajos no me buscaba un novio, ¿hace cuánto que no le ves la cara a Dios? (sé que Mark tiene dudas sobre mi heterosexualidad, pero irónicamente en ese terreno no hace preguntas). Para cortar por lo sano, decidió asignarme con exclusividad el caso de los indigentes, sin imaginar que el encuentro con "el flautista de Hamelín" iba a transformarse en la fuente de algo más complicado y menos citadino que el stress. Una obsesión infantil, enferma, maleable y agridulce como un tumor temprano.

Cuando, siguiendo los criterios del programa referentes a la generación de esperanza, les preguntaba a los indigentes cómo veían su futuro, si imaginaban un futuro, si se veían a sí mismos en distintas

53

circunstancias, ellos y ellas alzaban un poco la barbilla y la mirada recrudecía en su fijeza. "Hoy, solo hoy", decían, "no futuro". Y claro, yo no podía evitar pensar en los suicidas de Ingeborg Bachmann. Quería responderles: "Hoy es una palabra que solo pueden utilizar los suicidas". Pero para entonces estaba segura de que la raíz de ese lenguaje fracturado no la encontraría en la clefa o en la desnutrición o quizás en enfermedades desconocidas contagiadas por las ratas y que atacaban ciega y disciplinadamente el sistema nervioso. El lenguaje remitía porque una idea más grande que ellos, una idea-pulpo había estirado sus tentáculos en cada mente y suplantaba los sonidos familiares y en su lugar dejaba, como una espina, el lado más siniestro del amor. Sí, he dicho amor. Aunque probablemente quise decir "una fe ciega".

Costó ganarme su confianza. Les dije, y era verdad, que me encabronaba hasta el tuétano el modo en que eventualmente los canales de televisión los abordaban para ver si las ratas les habían revelado alguna nueva profecía. El brutal desplome del edificio en el casco viejo, el suicidio de aquella modelo famosa que sabía demasiado y las prácticas al borde de la pedofilia del más carismático candidato a alcalde les habían dado una notoriedad impensable a estas personas que habían vivido en las fétidas entrañas de la ciudad por muchos años, sin que nadie se molestara en integrarlos a lo que los comunes llamaban "vida". Vida normal, vida diurna, vida. Por supuesto, son poquísimos los que creen que son las ratas las portadoras de esas adversas promesas. El gobierno afirma que están siendo reclutados por alguna facción terrorista. Todavía flota en el aire el asesinato no resuelto de uno de ellos, un muchacho que fue arrestado por asaltar transeúntes con una pistola de goma y que murió en las propias celdas de la Policía. Obvio, estos zombis pueden despeñarse en cualquier momento. Muchos son únicamente pellejos. Pellejos y esa mirada brutal, incómoda.

La condición para llevarme hasta donde el flautista era que no utilizara cámaras ni grabadoras, y que preferentemente fuera de noche. No es que él durmiera como un vampiro o no saliera de día de los canales, pero lo hacía solo para recibir la necesaria vitamina D del astro Sol durante unos diez minutos, alrededor del mediodía o en las primeras horas de la tarde. Los convencí de que me dejaran hacer la entrevista durante el día (no me alcanzaba el coraje para lanzarme en un *one way trip* al fin de la noche); de todos modos, allí, en el fondo, reinaba la eterna penumbra. Mark me había insistido en que llevara un micrófono diminuto metido en el sostén. Había que agarrar las oportunidades por las astas, y aunque él estaba seguro de que no estábamos ante el jefe de ninguna célula terrorista, lo cierto es que había en ese sujeto un inédito poder de liderazgo: había conseguido despertar fuerzas dormidas en franjas sociales prácticamente residuales. Ni Evo Morales había inspirado así a esos mutantes *under*, alquimia abyecta de miseria y humanidad desnuda. Antes del flautista, los indigentes eran simples cuerpos de subsuelo. Con el flautista, no solo se habían convertido en profetas, lúcidos observadores de aquello que los que viven en la superficie no pueden ver, sino que parecían confiar en una dignidad o una trascendencia más allá de todo alcance. A Mark le conmovía todo lo que anunciara una brisa de apocalipsis. El hecho de que los días en que la Iglesia Católica debía sobrevivir decapitada hasta la elección del próximo Papa coincidieran con el tramo de su signo, Piscis, le parecía una señal importante. Aunque, claro, no sabía decir señal de qué cosa. Y es que estaba fatalmente aburrido de que los desenlaces de las tragedias sociales fueran todos idénticos y en ese sentido su país solía dar mejores sorpresas. Pero amaba Bolivia y lo del flautista le volaba la cabeza. No iba a dejar que todos los finales fallidos y una izquierda que no había terminado de cuajar consiguieran adormecerlo. La consultora era un intento sincero por hacer algo con sus propias fuerzas, pero fue la aparición del flautista el verdadero *objet trouvé*. El fenómeno lo había llenado de curiosidad, de alegría, y quizás, como a sus propios discípulos, de fe.

Acostumbrarme esa primera vez a la oscuridad húmeda del interior del canal no fue difícil. Arriba el Sol caía como una puñalada. El desafío fue descifrar, de la mejor manera posible, con los modales diurnos del cuerpo, la absoluta pestilencia de heces fecales frescas, viejas, podridas, el sudor masivo de los mutantes y aquella nota pegajosa o rancia de pelo o moho u orina de roedor. El olor a rata.

Aggghh.

Vomito. No he podido evitarlo. El vehículo frena de golpe. Fue idea de Mark esto de viajar en micro para venir al trabajo, así podíamos nutrirnos de la cháchara del pueblo y sopesar cómo el asunto de los indigentes está afectando la psiquis del cuerpo social. El chofer no dice nada. O mejor dicho, sí, pero no la puteada que cualquiera esperaría en un horario tan mierdoso. Pregunta si estoy bien. Asiento con la cabeza, mientras tomo el kleenex que alguien me alcanza y me limpio la boca pringada. Me bajo. El micro se aleja como un viejo dinosaurio y yo pienso que no podemos pasar por alto eso, esa transformación sutil u ostensiva, no sé, en las reacciones de la gente. A Mark le gustará la idea. O quizás concluya que el stress definitivamente me está volviendo loca.

Camino por instinto hacia el canal. De pronto ha comenzado a nublarse. Es un cielo violento que se cierne sobre mi existencia completa. Los demás no parecen darse cuenta. Podría tomar un taxi y volver a la consultora, pero como jalada por un hilo invisible me dirijo hacia las fauces de concreto, donde vi descender al flautista. No es la misma boca de alcantarilla de la anterior vez, pero está en la zona. En la calle, sentados sobre aguayos y esteras, también hay hippies, ofrecen collares, piedras, chucherías varias llenas de esa energía proletaria. Me agacho y compro una, no sé por qué lo hago, la más oscura. Una piedrita ovalada, bien pulida, que dan ganas de arrojar como desafiando a la suerte.

¿Cuál querés?, pregunta mamá. Tengo siete años y he aprendido a ser un poco chantajista. La nefritis que me infla como a un zepelín tiene sus ventajas. Menos sal, más regalos.

El hippie sonríe con unos dientes perfectamente chíos. Le pregunto a mamá con una indiscreción maravillosa si a él también los antibióticos le han teñido los dientes.

No, no, dice el hippie. Arañitas coloradas le atraviesan los ojos en los que el puntito negro que todos tenemos parece un pozo hondo. Es el crack, dice.

Mamá me jala del brazo y echa a caminar como escupida y olvida pagar la piedra. Pero el hippie la arroja a mi mano y yo la pesco.

¡Ónix!, dice el hippie. ¡Como mis dientes!, se ríe a carcajadas.

El resto del camino al consultorio del doctor, mamá deja de cuidar mis radiografías y más bien las agita como una pañoleta. Está rabiosa. A mamá la irritan los hippies. La irrita Agustín. La irrito yo, que no soy hippie, pero estoy enferma y no puede montar un escándalo porque entonces es cuando retengo el pis y todos se preocupan. Sin embargo, esta tarde ella está enojada de verdad, se muerde el labio inferior y me aprieta tan fuerte la muñeca que cuando por fin la retira las marcas de sus dedos tardan seis segundos en desaparecer. Así es como el doctor cuenta lo que tarda mi piel en tomar su forma original después de que él me presiona los tobillos.

No quiero que volvás a entrar al cuarto de Agustín... de tu tío. ¿Entendiste?

¿Por qué?

Porque Agustín no está bien.

Yo tampoco estoy bien.

Escuchame bien. Agustín se cree Dios. Mejor dicho, Agustín cree que es hijo directo de Dios.

¿Y acaso no somos todos hijos de Dios? Es lo que vos decís cuando rezamos juntas antes de dormir para que me sane, para que mis riñones cicatricen y el pus...

Sí, sí, ya sé. Pero él cree que... Él cree... Ay, Señor, qué difícil es explicarte esto.

Mamá no explica nada y vamos a la consulta. Más sueros, más antibióticos, nada de sal, y la palabra trasplante que le hace abrir los ojos a mamá como si hubiera visto a Satanás. Sé que no es para menos. En los libros gordos de la universidad de Agustín hay unos dibujos de seres trasplantados y son francamente horribles. Quizás ese sea mi destino.

De vuelta a casa mamá me abraza fuerte, como si quisiera quebrarme, pero se controla. Es decir, me abraza fuerte pero deja que su fuerza vuelva a ella para no hacerme esas marcas invisibles en mi carne. Me pregunta si tengo ganas de ver a Agustín. Quién la entiende.

Agustín viene. Me encanta su olor a colla. Es coca, me explica. Y también lejía, como el jabón. Porque no es cierto que al jabón Radical lo fabriquen con judíos, tu abuela está mal con eso. El jabón se hace de lejía. Y la lejía y la coca son una joya. Un día vas a probar. Agustín se sienta a los pies de mi cama y dice que va a sanarme con su canalizador de vibraciones. Mientras hace salir ese sonido ronco, como me imagino que rugen los tigres bebés, un sonido dulce y viejo, me quedo mirando los mosquitos que comienzan a pegarse a la malla milimétrica. ¡Son un montón! Y detrás de ellos las estrellas. Mosquitos y estrellas como un macramé que Agustín teje con su flauta que no es flauta.

¿Es verdad que te creés hijo directo de Dios?

Llego, pues, hasta la misma boca del canal. Tiene poca agua, oscura y hedionda, sin atribuir su fetidez a específicamente nada, es solo la halitosis de la ciudad. Si llueve en serio, no quiero estar ahí para ver los borbotones furiosos que el raudal formará justo acá, donde esta tripa de concreto se abre a la vista pública, ofendiendo a un país que no supera su trauma mediterráneo, su retorcido complejo de inferioridad, metáfora cruel de un mar de mierda en el inconsciente, como me rapea sin tregua Mark, cuando cede a sus brotes argentinos de cinismo académico.

¿Qué hacer?

"Evo, sos mi padre", dice un grafiti freudiano en la pared lateral izquierda del canal. "Evo cabrón", responde otro, justo en la pared de enfrente. No son consignas precisamente creativas, pero son sinceras y viscerales. Decido meterme en el canal. Además, probablemente soy yo la que hiedo a vómito. Anudo mi falda arriba de las rodillas y me pongo el bolso en bandolera. Los primeros pasos son indecisos, resbalosos, mis sandalias hacen buen trabajo acomodándose a las eventuales protuberancias del cemento, pero también debo ayudarme con las manos, abriendo los brazos como un bailarín de tango para mantener el equilibrio. Mi garra derecha apretando la piedra. Finalmente llego a la base, más plana de lo que la recordaba en mi primera visita. El nivel del agua tampoco es alto, no me llega ni a los tobillos, y vista de cerca el agua no es ni tan oscura ni tan hedionda. La distancia es mala informante.

No hay nadie acá. De fondo el canal se repite tedioso, un gusano acuático hirviendo suavemente bajo la lluvia ahora sistemática, indiferente. El rumor del tráfico me llega nítido, aunque amortiguado por el universo hermético que el concreto y el agua forman en este intestino.

Avanzo un poco hacia el centro, donde el canal comienza a techarse en forma de bóveda por las anchas pasarelas peatonales. "Hola", digo. El sonido golpea el techo, pero no hay eco, solita mi voz desperdiciándose. Escucho un chapoteo. Un repentino asco a las ratas o a cualquier especie desconocida que se geste en el Underworld cruceño me hiela el cuajo. Son leyendas urbanas, me digo, imaginando anacondas infinitas y cocodrilos imposibles en las alcantarillas. A lo mucho, anguilas, me digo, a modo de consuelo, aunque la idea no me tranquiliza.

¿Qué querés?, pregunta desde alguna parte la voz desaliñada de un muchacho. Pero también podría ser una chica con la voz prácticamente en desuso, alguien acostumbrado a la putrefacción.

¿Hola?

¿Qué querés aquí? ¿Lo estás buscando a Él?, dice la voz. Proviene del fondo, donde el techo peatonal se bifurca en dos, seguramente bordeando la rotonda para atravesar hacia el tercer anillo. A esta hora estarán cruzando los colegiales de la Escuela de Bellas Artes. Miro instintivamente el techo, adivinando el ritmo de la ciudad.

Sí, admito. Lo estoy buscando a Él.

Hay que bajar a las profundidades, dice Agustín. Tengo siete años y hay cosas, de las miles de cosas inteligentes que dice mi tío, que me cuesta un montón comprender. Lo hermoso, eso sí, es que me las diga igual, del mismo modo en que se las diría a un grande. Pero Agustín no confía en los grandes. Mejor dicho no confía en nadie. Es más huraño que un gato callejero.

Hay que bajar donde nadie más se atreve, dice. Y ahí, cuando hayas llegado, entonces vas a saber quién sos verdaderamente.

¿Vos bajaste?, pregunto. Estoy anestesiada, todavía siento las vibraciones de su flauta atravesando mis riñones, relajándolos como a una esponja nuevita que metés en la espuma de los platos.

Lo intento, dice serio mi tío. Todos los días lo intento.

¿Conocés a alguien que haya bajado?

Mi madre.

¿Tu madre?

La madre de Agustín murió cuando él nació. Era la hermanita menor de mi abuela. Y como mi abuela cree que voy a morir porque mis riñones van a explotar un amanecer, igual que la granada que le voló la pata a mi abuelo en la guerra, pues ha terminado contándome lo que para mamá "es tan difícil, ay Señor". La mamá de mi tío no era todavía una mujercita cuando quedó encinta. Mi abuela dice "mujercita" con la boca llena de saliva, del mismo modo en que se dicen las malas palabras o se masca chicle. Yo tampoco soy una mujercita y mi abuela, aunque no lo dice, piensa que no viviré para serlo. Por eso ella también me da gusto y a veces, a escondidas, me pone sal en la sopa o en el puré.

La primera y única vez que lo entrevisté apenas pude verle la cara. La oscuridad del canal no daba tregua aunque arriba tanta luz barata encegueciera. Debí entregar mi celular a sus discípulos, como quien entrega un revólver antes de visitar a un capo. No había nada con qué iluminar esa clausura. Por eso me atravesó un escalofrío cobarde cuando sentí la mano del flautista buscando ávida entre mi pelo lo que finalmente encontró: el micrófono en forma de hebilla que me sostenía un moño desgarbado. Mark y sus riesgos me estaban cagando.

Así te ves mejor, dijo él.

Entonces, extrañamente, cuando la idea de que no tenía mucho que perder se hizo un lugar en mi cerebro urbano, una paz distinta me relajó. Le pregunté por las ratas.

Oh, las ratas. Son excelentes transmisoras de lo que pasa en el mundo. Una rata puede detectar un huracán, un sismo, una lluvia feroz...

Pero sus ratas... Las ratas les han comunicado desgracias. Más allá de la naturaleza, quiero decir. Está este tema de la modelo. Y el del alcalde.

Qué más da quién comunique qué. Naturaleza, vidas, todo es ciclo. La longitud de onda de una rata es mucho más clara que cualquier otra vibración.

A propósito, usted toca la flauta. Así se lo conoce por los medios.

No es una flauta.

¿No...?

Claro que no. Es un llamador de ratas.

A la mamá de Agustín no pudieron operarla. Como la mandaron a parir al Chaco para que nadie supiera, el médico de provincia prácticamente tuvo que meter sus dos manos en el bajo vientre de la niña para sacar al bebé. "Igual que cuando le ayudás a una vaca", decía mi abuela con esa amargura que mamá llamaba "crueldad", pero que honestamente era rabia. No contra su hermanita, la parturienta, la difuntita, sino contra todo lo que había sucedido.

Y es que lo que había sucedido era inexplicable y horrible. Quizás horrible por lo inexplicable. La mamá de Agustín no se había convertido todavía en una mujercita cuando comenzó a crecerle la panza. Mi abuela dice que no había cumplido los diez años. A todas las preguntas que le hicieron por las buenas y por las malas, chicote de por medio, la niña respondió que un ángel había venido hasta los pies de su cama y, sin siquiera tocarla, la había hecho temblar. Tampoco había concluido ese temblor involuntario y feliz, que sin embargo la hacía llorar desde el mismísimo corazón, cuando el tal ángel le comunicó que a partir de ese momento crecería en su interior la semilla más perfecta del amor de Dios.

Mi abuela, claro, hizo buscar a los dos evangelistas rubios que la visitaban los jueves para explicarle las lecciones sobre la falsificación de Jesucristo en los tiempos que venían, centenas de Jesucristos con el mismo look, una sola verdad; pero el rastreo fue en vano. ¡Qué semilla ni qué ocho cuartos! Lamentablemente, no recordaba ningún momento en que la niña se hubiera quedado sola con ellos. En todo caso, era su culpa. No había sabido cuidar bien a la niña. Pero, cuidarla... ¿de qué? Iba a una escuela de monjas *y las únicas veces que salía en otro horario era a lo del coro de nenas que las mismas monjas organizaban los sábados. La niña no tenía buena voz, pero las monjas sabían crear un muy aceptable cuerpo sonoro con todas esas gargantitas pueblerinas.*

Criar al huérfano tampoco fue fácil. Daba vergüenza su origen.

En esa primera entrevista no le pregunté sobre su origen. Ya lo conocía, incluso antes de saber de él por la televisión y luego por el trabajo en la consultora. Y ahora que bajo en su búsqueda hasta las vísceras húmedas de la ciudad, tampoco pienso hacerlo. Solo quiero estar segura, confirmar mi hipótesis.

Entrego mi bolso al adolescente desnutrido y asexual que me escolta hacia la parte más profunda del canal. Esta vez carga una linterna.

Algo roza mi pie, pero ya no importa. Mierda, gusano o la rama de un árbol, idéntica materia.

¿Qué es eso?, digo. Desde el fondo avanza un zumbido lento.

El adolescente, la mirada brillante, no se molesta en responderme.

Una ola casi palpable de sonido viene a nuestro encuentro.

La vibración hace un nido de aros invisibles en mi estómago, luego toma mis riñones, mis omóplatos, la nuca, la zona ciega que duerme bajo el lóbulo de la oreja. Escucho por primera vez, o acaso por segunda, la música inédita de su instrumento.

Volviste, dice el flautista. Las mejillas chupadas y los labios cuarteados no consiguen afear esa mirada ardiente, como el clásico corazón de un santo.

Supongo que me esperaba.

La verdad, sí.

Le he traído esto, mire. Abro mi palma y le entrego la piedrita oscura. Es como un pendiente, miento, por decir algo.

Él toma la piedra y la electricidad del contacto con la mano huesuda me hace apretar los dientes.

No deberías estar acá por mucho tiempo. Las ratas, amigas fieles, no solo transmiten mensajes; también enfermedades.

No me importa.

Debería importarte.

¿Por qué?

Porque una mujer preñada debería cuidar el líquido que alimenta a su hijo.

Ha debido oler mi vómito, ha debido especular. Las inteligencias grandes trabajan ecuacionalmente, se montan en elipsis como en caballos alados, se avientan al abismo como rasgando una tela de Monet, se arriesgan en sinapsis horribles e incomprensibles. *Una mujer preñada*. Algo no funciona en este relato, algo que no respeta la secuencia de las cosas.

Volviste, también dijo, al recoger un poco del agua sucia del canal y verterla sobre mi pelo.

Cuando por fin salgo del canal ya es de noche y la lluvia lo ha limpiado todo arriba. Unas cuantas nubes se deshilachan, sin que alteren las formas de las constelaciones ni el orden de las estrellas. *El líquido que alimenta a su hijo, ay Señor, qué difícil.*

Y quién va a creerte.

Mamá nunca quiso agradecerle de frente a mi tío. Me curé de la nefritis en tres días. Es cierto que caí en coma la mañana siguiente a la noche del millón de mosquitos, pero luego desperté y ya no había agua retenida bajo mi piel. Cuando Agustín volvió a Sucre, mamá le puso en su maleta un chaleco de macramé con los signos hippies que a él le gustaban. A mí me ordenó que jamás comentara lo del sonido que me había sanado. A nadie. Quién va a creerte.

En medio de todo, estoy feliz. Pero esta felicidad horriblemente inexplicable no evita las arcadas. Ese calambre invisible y fundamental que sube y me obliga a abrir la boca como un animal y vomitar.

Vomitar es natural.

¿Qué va a decir Mark? ¿Qué le voy a decir a Mark?

Pongo mi dedo índice en mi ombligo, donde el elástico de la falda ha dejado un pequeño hendimiento, un paralelo cero. Pregunto: ¿Quién va a creernos?

Dos ratitas diminutas comen contentas de mi vómito, arqueando aun más sus pequeños lomos con brevísimas convulsiones. Así, como si oraran llenas de júbilo, alimentan sus preciosos espíritus de mi fertilidad.

Vaya, les hablo a las ratas, le he traído una piedra y Él me ha dado esta semilla.

Los dos nombres de Saulo

Cuando insisto por tercera vez en que me hagan pasar a la sala de visitas me irrita mi propio tono de voz. No sé si es más grave o más agudo, pero no es la voz de cada día. Es una voz distinta, polucionada por la rabia.

La enfermera repite, también por tercera vez, que los pacientes del pabellón C pueden recibir una única visita por semana hasta que el jefe de piso apruebe una socialización más intensa. De acuerdo con todo, pero nadie más visita a Saulo, de modo que su emocionante cuota de socialización semanal está intacta, respondo con ironía. La enfermera revisa su cuaderno de archivos y mueve la cabeza con una sonrisita exasperada.

Por favor...

Sé lo importante que es para Saulo que yo llegue puntual. Esperarme le causa dolor. Hace un par de meses llegué media hora tarde porque habían cerrado el puente y yo me había quedado varada del lado satelital; cuando por fin pude atravesar esa zona de la ciudad, suspendida como una dimensión falsa sobre la tierra verdadera, el médico a cargo me dijo por teléfono que manejara con calma, Saulo había sufrido una crisis y habían tenido que inyectarlo para quitarle de entre los dientes un trozo de oreja del enfermero. Pasó tres días en aislamiento. Por mi culpa.

No es tu culpa, dice Tony, ya sin mucha convicción. Me he encargado de demostrarle con un detallado árbol genealógico que yo también soy portadora de esa amenaza, en mi útero puedo perfectamente gestar monstruos, de modo que deberíamos dejar de pensar en plural. No quiero hijos.

Él es tu hermano, no tu hijo, insiste Tony. Esas frases averiadas de tanto uso y demasiado sentido común me provocan náuseas. Tu hermano, no tu hijo. ¿A quién se le ocurre que hay más deber con un hijo que con un hermano? Somos dos líneas paralelas o, mejor dicho, éramos dos líneas paralelas hasta que un vector se rompió, se hizo trizas contra una rodilla invisible, se astilló como un hueso crístico, se jodió. Tony no tiene la más puta idea de cuánto cuesta recoger todas esas astillitas y pegarlas con saliva, componer un esqueleto amoroso para que sostenga esto que llamamos vida.

Saulo ya está sentado cuando por fin me hacen pasar a la sala. Ha elegido una silla sin almohadón y tiene la espalda rígida pegada al espaldar. La enfermera me explica que han incrementado un poco la dosis, "una cosa de nada", porque mi hermano ha subido de peso —efecto secundario de los antidepresivos sin combinación con litio— y ese cambio exige un ajuste. "Manejamos hilos invisibles", sonríe para sí misma la enfermera, inconsciente de la jerga poética de la que seguramente se ha contagiado a lo largo de años de trabajo en esta especie de *Poltergeist*.

Hola, Sau, ¿cómo estuvo la semana?, le hablo, con esta voz que involuntariamente se hace dulce, como si le hablara a un niño o a un bebé. Sé también que esta condescendencia lo lastima e intento corregirla de inmediato. Lo beso en la frente y le tomo las manos frías, quietas, como las de un muerto, aunque su mirada, pese a la medicación, tiene ese fuego atribulado que a mí me parece bueno. Su psiquiatra dirá lo que sea, pero es ese el fuego que lo mantiene aquí.

Le froto un poco los dedos. Saulo no hace el intento de responder a esta intervención física, pero tampoco se repliega ni se incomoda. Me gustaría que relajara los hombros.

Tardaste, dice. Se precisa puntualidad, dice lentamente. La saliva se le va acumulando en las comisuras de la boca. Pero en *Poltergeist* está todo bajo control y hay cajitas con pañuelos desechables por todas partes. Un jardín de pañuelos desechables, flores silvestres blancas que hasta hace unos momentos no existían, como un millón de cosas. Cosas que perviven en estado fantasmal hasta que la necesidad o el quiebre las toca como con las yemas de los dedos del rey Midas y cobran una realidad concreta, irrefutable.

Hace años luz que llegué, pero la enfermera dijo que estaba o limpiando o algo y me hizo esperar. Me moría por verte.

Se precisa puntualidad, dice Saulo. Y es eso y no la forma distinta en que se le han asentado los músculos de la cara sobre los pómulos, sobre su amado esqueleto (no sé por qué siempre pienso en su esqueleto), lo que me atenaza el pecho con una angustia de siglos siempre capaz de actualizarse. Saulo habla con modos impersonales, separándose de los objetos, de los signos, de los afectos. Separándose de mí y, al mismo tiempo, llamándome a gritos desde ese despeñadero en que se ha convertido su espíritu.

No se vuelve a repetir, prometo.

Nos quedamos en silencio un largo rato, yo frotándole los dedos donde la sangre, al parecer, se mantiene indiferente a mi entrega. Quizás Saulo tenga razón y haya comenzado a morirse por los dedos, como insistió aquella primera vez del horror en que creíamos que todo era un efecto perverso aunque pasajero de la cocaína. Luego aprendimos el lenguaje insolente y botánico de los doctores y supimos que se trataba de un "brote". Saulo es eso, un árbol muy viejo de raíces profundas que experimenta estacionalmente brotes. Brotes discretos en otoño, brotes de rosas negras hambrientas en invierno, brotes crueles, con alguno que otro graznido de engañosa alegría, en primavera. Y también brotes de acné.

Voy hasta la mesa central donde nunca faltan una jarra de plástico con agua y una bandeja con frutas y galletas. Sirvo dos vasos de agua. Quiero que beba un poco. Debería haber algunos sorbetes para los enfermos que apenas pueden contener la salivación.

Anoche volvieron, dice Saulo con una voz varonil, honda, sana. Si yo no lo conociera, si no fuera mi hermano y solo pudiera ver su espalda como en este momento, ignorante de los músculos flácidos que le arrojan décadas sobre las mejillas, pensaría que ese hombre joven puede levantar ejércitos de fanáticos religiosos. Ahora mismo apenas percibo el miedo en su voz. Pero los medicamentos también afectan la definición vocal; esterilizan sin piedad la música natural del habla. Solo puedo confiar en la confrontación minuciosa, descarnada, de mis sentidos con su existencia siempre sorpresiva.

¿Quiénes volvieron?, pregunto, sentándome de nuevo frente a él, intentando ponerle el vaso entre las manos, cerrando mis manos sobre las suyas para que oprima el metal –el vidrio es como la kryptonita en este sitio– y en alguna parte de su cerebro se formule nítida la certeza del tacto, la evidencia de un mundo que, no obstante su fealdad, es real.

Volvieron ellos. Todos. Querían mis ojos, dice Saulo.

Los ojos de Saulo me miran fijo por unos segundos, y luego la pupila dilatada busca una interioridad imposible. Este intento por volcarse hacia la cueva cerebral (¿será eso lo que sufre?, ¿el cerebro?, ¿o es el alma?) me trae imágenes impertinentes de Condorito en *delirium tremens*, con los enormes ojos de pájaro andino licuados en espiral. Si Saulo sufre ese calvario de los movimientos oculares debo llamar a la enfermera, es lo que me han indicado. Estoy por incorporarme cuando Saulo me aprieta las muñecas. Me sorprende la fuerza que se despierta en esa acción.

Querían mis ojos. Y los tuyos.

¿Los míos?

Te los van a sacar con una cucharita. Papá no podrá hacer nada por evitarlo.

¿También vino papá?

Tony dice que no está bien seguirle la corriente a Saulo, que eso lo mantiene cómodo en su mundo falso. Ese es el lenguaje de Tony, que no sabe nada porque su especialidad son los autos de carrera y debe creer que todo se arregla ajustando algunas tuercas o soldando latas. Quizás si trabajara con menos metal y más cuerpos y grasa orgánica auténtica -con boxeadores, por ejemplo- otro sería el cantar. No comprende, pobre Tony, que esto no se trata de seguirle o no la corriente a mi hermano enfermo. Si yo lo abandono, si dejo que se hunda en ese pantano, ¿cómo demonios voy a rescatarlo? Tony y sus tornillos pueden irse mucho a la mierda.

Mi nombre es Pablo, dice mi hermano. Los movimientos de las pupilas intentando ese salto interior para trepanar los sesos o lo que sea que esté detrás de estas ventanas por las que nos invade la inmundicia son mariposas frenéticas heridas por la luz. Sin embargo, su espalda sigue rígida pegada a la silla.

Sí, sí, papá decía que ese era tu nombre "profundo". Yo lo recuerdo.

Se sabe que mi nombre es Pablo, dice Saulo, ahora en modo androide. Esta vez ha cerrado los párpados y yo respiro aliviada.

Eso se sabe, le confirmo. Pablo o Saulo..., le digo luego, despacito, por pudor o por miedo de que la enfermera que viene a buscarlo escuche una promesa que le parecerá gastada. Saulo o Pablo, supongo que sabés que no voy a abandonarte.

Cuando éramos niños, nos creían hermanos mellizos. Saulo nunca aparentó los cuatro años que me lleva. Petiso, de huesos flacos, Saulo transmitía una fragilidad perturbadora. Es decir, temías querer golpearlo y no parar hasta escuchar el crac crac de sus huesos haciéndose polvo, tan solo para darte cuenta de que Saulo no era eso, estaba detrás o antes o más allá de su propia corporalidad.

Pero papá sabía cómo. Él sí podía llegar hasta Saulo y tomarlo como a un puñado de arena. Sin duda, comprenderíamos después, su enfermedad lo había adiestrado para reconocer a sus hermanos en la desgarradura. Más allá de toda cronología biológica, Saulo era su hermano. De alguna manera yo también. Y uno, en realidad, no salva a sus hermanos, uno los acompaña, que es aquello de lo que Tony no sabe un carajo.

Era comienzos de diciembre cuando Saulo, que acababa de cumplir doce años, porque Saulo es sagitario, es decir, mitad hombre y mitad bestia, fue hasta mi cama y me acarició los pies. Trataba de despertarme sin sobresaltos. Papá nos esperaba en el jardín con todo listo para el viaje. Desnudo en medio de las macetas que habían sobrevivido sin mamá gracias a las lluvias, papá se veía hermoso. Saulo y yo comprendimos que mamá nunca había tenido razón. Su aversión a los amigos que papá fue cultivando con la tenacidad obscena de un coleccionista –gente tuerta o, de plano, ciega– llegó a parecernos maldad básica, falta de amor. Eso, falta de amor por todos nosotros. Además, no se trataba ya de tener razón, sino de tomar partido por alguien, de tomar partido sin medir ninguna consecuencia. De modo que sí, queríamos embarcarnos o montarnos o desmaterializarnos con papá en ese viaje que había esperado durante años y que ahora se aprontaba a iniciar desnudo como un cosmonauta ingrávido, recibiendo a partes iguales la luz de la luna y del farol de la calle que papá identificaba como un nuevo sol. Un sol que se había desprendido de remotas galaxias.

Dijo que lo primero era bautizarnos. Comenzó con Saulo. Explicó que "Saulo" significaba "pequeño", el más pequeño de todos, el más humilde, el insignificante y abyecto incrédulo, el de corazón oxidado, pero que había llegado la hora de ser "Pablo" y creer a ciegas, que es la mejor manera de creer y de amar.

Seguramente yo también tengo dos nombres, pero no lo recuerdo. Sé que papá se lastimó irreversiblemente la córnea derecha en su intento por extirparla con una cucharilla. Sé que Saulo dijo que hizo el viaje con papá y sus dos guardianes, que luego olvidamos todo, nos obligaron a olvidar, que durante años ya no parecíamos mellizos, que visitábamos a papá por separado y quizás en esa escisión comenzamos a perder fuerza, a desgajarnos. Sé que Saulo siguió frecuentando algunas amistades de papá, que aprendió a mirar con esa desesperación mordiente con que papá nos miraba, exultante de fe y de dolor, sé que después de que papá murió Saulo comenzó a consumir cocaína hasta aquel primer brote. Y lógicamente después, durante y a causa de todos los brotes. Colinas de cocaína y ríos espesos de clefa en un platillito con canarios que mamá había pintado en la prehistoria de nuestra niñez.

Y así se sucedieron todos los demás brotes, explosiones fantásticas de autodestrucción. También los brotes de acné. Volcanes colosales de acné.

Mientras cruzamos el patio hacia el pabellón C, la enfermera dice que Saulo es afortunado. A otros pacientes los abandonan; al principio vienen los familiares, pero luego las visitas se reducen a los cumpleaños, que ya nada significan. A Saulo, en cambio, lo visita su hermana –tengo que pensar en voz alta mental "yo", pues ella ha dicho "su hermana" como si yo no estuviera allí, como dirigiéndose a alguien más, a una criatura que me excede o me anula–. Y por si fuera poco, hoy lo visitaron esos tres amigos extranjeros.

Ni siquiera pregunto sus nombres o de qué lugar parecían

extranjeros. Si de París o de Neptuno. En cambio la miro con una desconfianza nueva y por un instante quiero apretar su brazo robusto para comprobar que su charla está respaldada por la carne voluminosa. Carne real, de muchas hamburguesas.

Uno de ellos era tuerto, dice la enfermera.

Hay muchos tuertos en el mundo, digo.

La enfermera me mira de reojo, no dice nada. Pero es cierto. Papá, por ejemplo, conocía muchos tuertos. Tantos tuertos que podría creerse que la voluntad de Dios consistía en esa exclusividad anómala.

El pabellón C está en el tercer patio. Cruzamos fuentes de agua y una mesa de ping-pong. Dos pacientes juegan concentrados. Saulo nos obliga a detenernos. Intenta seguir la velocidad de la pelotita, pero sus pupilas se alocan nuevamente. Le cubro los ojos con mis manos. Siento en las palmas su piel lacerada, con suavísimos altorrelieves que el acné le ha forjado entre pus y costra, y sé que daría mi vida por desarrollar algún superpoder, o mínimo la capacidad sublime de una mano santa que borre, que restaure, que suture y apriete y cierre por el resto de la eternidad aquello que fue desgarrado. Pablo o Saulo y todas sus pieles.

Mi hermano solloza. La enfermera dice "tranquilo, tranquilo". Saulo, su temblor, ceden.

Los espasmos oculares son efectos inofensivos de la medicación, me explica la enfermera. De todas maneras, le va a comunicar la situación al jefe de piso por si hay que hacer nuevos ajustes "invisibles". Además, dice, bajando la voz, aunque los doctores no quieran admitirlo, los enfermitos se ponen nerviosos con ciertos cambios de luna, yo llevo las cuentas y le juro que así es. La enfermera saca de un bolsillo de su mandil una libretita con dibujos de la luna. En las lunas que parecen rajitas de limón ha escrito "contenido", y en las lunas completas ha escrito "fuera de sí".

"Fuera de sí". No estoy de acuerdo, debería apuntar: "dentro de sí", "muy dentro de sí", "perdido en sí".

A veces creo, sin embargo, que soy yo la que atraigo la mala onda. Pienso "perdido en sí" y Saulo, que me lee con telepatía de alta fidelidad, se afana en pescar sus córneas armando una pinza totalmente inoperante con el índice y el pulgar.

Pobrecito, dice la enfermera. Las alucinaciones los atormentan. Ven serpientes, tarántulas, muñecas diabólicas, todo tipo de amenazas. Si usted supiera lo que ven. Ni yo lo sé, pero se las espanto igual y eso por lo general da resultado.

Me molesta que insista en ubicar a Saulo en una subespecie, "ellos", los pobrecitos atormentados. Tengo que perdonarla. Es la reina bondadosa de *Poltergeist*.

Mi hermano insiste en hurgarse las córneas. La enfermera le dice con un tono monocorde similar al de la gorda de *Misery*: Si no dejás de hacerte daño, voy a inyectarte.

No lo amenace, le digo.

La enfermera resopla. Saulo levanta la vista, deja lo suyo por un ratito.

Una bandada de pájaros viaja bullanguera y disciplinada, en forma de flecha, sobre nuestras cabezas; buscan un mejor lugar. Mirá, Saulito, mirá los pájaros, dice la enfermera.

Arqueo mejor mi cabeza y, aunque todavía hay luz diurna, puedo distinguir entre las nubes, mucho más allá de los pájaros, el aro plateado y maléfico de la luna. Su plenitud es nefasta. Por ese aro cruzan los que vuelven. Eso, claro, según papá.

Según yo, es hora de llevarme a Saulo y sus dos nombres a un lugar más seguro.

Humo

Los recuerdos inútiles son los más hermosos. Yo tendría, ¿qué?, unos ocho años, cuando llegó a la casa de mis abuelos este muchacho con nombre de pájaro, Piri. Llegó para ayudar a mi abuela en la pequeña industria de embutidos y panadería que tenía instalada en el tercer patio. Porque aunque parezca mentira, en esa casa había tres patios, y en el tercero, como digo, mi abuela había montado una verdadera industria a vapor de chorizos y panes. Si te aparecías muy de mañanita podías fantasear con la idea de que todo ese humo que las moledoras, hornos, trituradoras, embutidoras y ollas eructaban al unísono era, lógicamente, el febril smog expelido por máquinas de última generación del primer mundo.

En lo que debía ser el vestíbulo de la casa, mi abuelo tenía la oficina del Registro Civil a la que acudían los migrantes del interior para inscribir a los recién nacidos, a los recién muertos y a los recién casados. Piri decía que ese sí era un trabajo para holgazanes: golpear los botoncitos de un juguete como si en ello se le fuera vida, prohibirles a los pobres que les pusieran a sus hijos nombres gringos como Johnny, Chuck o Michael y, a modo de descanso, jugar solitario haciéndose trampas a uno mismo. El concepto de "máquina de escribir" era absolutamente ridículo para él, pues estábamos acostumbrados a máquinas brutales que convertían la carne en una rojiza masa informe y luego en chorizo.

Por las tardes Piri era el encargado de medir los metros de tripa de cerdo a utilizarse en la jornada. ¡Ni Penélope lo haría tan bien!, exclamaba mi abuelo al pasar, nunca supimos si en son de burla o fascinado por la división del trabajo que su mujer había sido capaz de instalar. Y mientras Piri arrugaba el ceño porque detestaba que lo compararan con una mujer, yo intentaba recordar de entre la galería de ayudantas que habían pasado por el tercer patio quién era esa de nombre tan esdrújulo. A mi abuela no le gustaba verme ensimismada, fuera recordando o imaginando, que para ella era exactamente lo mismo, igual de enfermizo, porque temía que yo estuviera desarrollando el mismo mal de mi hermano.

Piri colocaba el balde en el suelo y, sentado con la espalda muy recta, calculaba, tensando con ambas manos tramos y tramos, los metros de esa tela transparente que mi abuela iba a precisar para inflarla con carne triturada. Entonces no me daba asco. Había un placer inexplicable en el chasquido líquido que hacía la madeja de tripas dentro del balde con agua y vinagre y en la cara seria de Piri utilizando las pocas matemáticas que poseía. Me llamaba la atención que Piri se guardara siempre un retacito de esa membrana viscosa en el bolsillo del pantalón, aunque a veces todavía la tripa oliera a mierda. Ponía su índice en la boca para que yo no dijera nada y yo no decía.

Una tarde mi abuela ordenó a Piri hacer un mandado en la capital. Debió haber regresado esa misma noche, pero no lo hizo. Mi abuela se volcó alma, vida y corazón en averiguaciones dignas de Sherlock Holmes. Interrogó a un par de posibles novias, sostuvo un diálogo tipo mentira-verdad con un apostador de peleas de gallo, se habló de deudas y amenazas, y finalmente tuvo que aceptar la declaración inicial del chofer testigo, un montereño geniudo pero con buena memoria. Simple. Piri había subido a un micro interprovincial, había pagado su pasaje hasta Santa Cruz, aunque existía la opción de hacerlo hasta Warnes, un pueblo intermedio y condenado a la extinción antes que a la modernidad, lo cual, dedujo mi abuela, solo demostraba que el muchacho no había planeado con premeditación y alevosía lo que luego iba a intitularse en la leyenda familiar como "La inexplicable fuga de Piri" o, para mi abuelo que, a pesar de todo, cultivaba un estado de ánimo burlón sin llegar a ser cínico: "De cómo Piri se hizo humo".

Lo cierto es que nunca supimos por qué Piri se bajó en la mitad de la nada, en una zona sin caminos ni granjas ni cultivos, solo pasto, árboles y el sol que flotaba en una muerte lenta de verano.

Yo soñé muchas veces con él, hilando las tripas de chancho, tejiendo un camino interminable que luego se hacía un nudo ciego. Esa intimidad de los sueños llegó a su límite con una pesadilla en la que Piri se convertía en mi hermano y, silbando como si estuviera contento, atirantaba una larga y gruesa víscera rosada de un árbol alto. Entonces me daba cuenta de que ese sonido dulce no era ningún silbido, sino la tripa tensionada por el peso muerto que cortaba el viento y le sacaba un quejido, una nota indescriptible y honda. Los zapatos colgaban sin cuerpo, cubiertos de mierda. Mi angustia provenía justamente de la imposibilidad de saber si esa mierda era de chancho o de él, de Piri o de mi hermano. No me atreví a contarle el sueño a mi abuela para que luego no me achacara que yo estaba desarrollando el mal.

Pocos años más tarde, cuando el pueblo estrenó su carretera de asfalto, acompañaba yo a mi abuela a una consulta médica en la capital –sus pulmones, decían las radiografías, eran dos malditas placas carbonizadas–, entonces el micro se detuvo en algún punto y un chico desnutrido bajó con la mochila a la espalda y echó a andar entre los pastizales, entre el ganado gordo y las chanchas gritonas, como dirigiéndose hacia el sol.

Apoyé mi frente en la ventanilla para verlo mejor. ¿Se acabaría el mundo si caminabas y caminabas hasta el final? Yo también tuve ganas de bajarme. El atardecer era inmenso y tibio y ya se podía ver el resplandor de unos lejanísimos pozos petroleros que la gente decía ardían sin cesar y a veces se tragaban de un bocado a las personas, como el infierno. Leyéndome la mente, mi abuela me apretó la muñeca con su mano callosa. Me retenía, a mí o a mis deseos. Y entonces dijo, como si viniera a cuento: la tripa del chancho la usan los hombres para no tener hijos.

Ella, sin duda, podía hacer eso: inflar cualquier cosa con magia o carne molida y luego destruirla.

Tuvieron que pasar algunos años más para que volviéramos a ver a Piri. Nunca supe cómo se enteró de que mi abuela se moría. No pudo hablar con ella porque mi abuela ya habitaba ese otro mundo, donde no hay sol ni horizontes, y no podía reconocer a los que nos quedábamos de este lado.

La velamos en la casa, aunque los salones velatorios se habían puesto de moda, pero entonces únicamente los pichicateros podían pagar esos servicios que hacían de la muerte un pretexto más para lucir sus flamantes fortunas. Incluso regalaban recuerditos como si sus muertos estuvieran festejando algo, un triunfo singular, un ascenso en su escalada social. Intentaban en ese último límite diferenciar el alma del occiso de los otros espíritus que probablemente se hacían "gata parida" en los umbrales del cielo, contaminando con distintas intensidades de luz sus nuevas formas moleculares.

A lo mucho que nosotros nos habíamos atrevido en ese ritual tan lleno de dignidad que es mirar y mirar el cuerpo envenenado de formol de tu ser querido, acercarse una y mil veces al cajón para comprobar que sus gestos van desprendiéndose de lo último de vida, porque incluso en ese *rictus*, como me dijo Piri que así se llamaba al conjunto irreconocible de la boca apretada para siempre y los pómulos como puños, quedaba el de una existencia real y verdadera, a lo mucho que en esa contemplación anonadada nos habíamos atrevido, digo, fue a llamar a Silvia, la maestra solterona que nunca envejecía, y que podía llorarte a tu familiar con profundo sentimiento por lo que estuvieras dispuesto a pagarle. Quizás la pobre zombi aprovechaba de llorar en público el horror de su leyenda o de buscar, entre esos muertos nuevitos, a alguien de su misma especie.

Piri prendió las lámparas violetas que, apostadas en las cuatro esquinas del cajón, acompañaban a mi abuela en su camino desconocido. El resplandor voluptuoso que esas lámparas derramaban sobre su cuerpo definitivamente dormido me hacía pensar en las muchas veces que la vi inclinada sobre las enormes ollas donde hacía hervir las tripas de chancho. El vapor y el humo que regurgitaba el horno suavizaban los rasgos concentrados de su cara de obrera cubriéndolos de una pátina que no era precisamente sudor, sino más bien un aura o una idea. Mi abuela convirtiéndose en una idea. Ahora, muerta, con las manos nudosas por la artritis y el trabajo, no había perdido ese amago de sufrimiento. Entonces recé por ella tratando de no olvidarme de ninguna palabra de las oraciones, no fuera a ser que por mi culpa, por culpa de mi imaginación distraída, perdieran su potencia liberadora y transformadora; en ese recogimiento la frase tan estúpidamente trillada "que descanse en paz" recuperó su significado.

Era yo la que se sentía infinitamente cansada. Todos decían que la mejor herencia que mi abuela había podido dejarme era ese negocio propio. Me faltaba poco para hacerme una mujer, pero con todo lo que había aprendido podría continuar sacando adelante nuestras vidas, mientras mi abuelo todavía tenía el porte de viejo alto como un alambre para imponer respeto a la inminencia de mi orfandad.

No encontraba con qué distraerme para espantar las imágenes de un futuro, mi *propio* futuro, en las que podía verme madrugando, aprovechando el primer fulgor del día para desinfectar el ovillo de tripas con agua avinagrada, desenmarañarlo y extender las hebras sobre el mesón, y luego, sudorosa, convertida yo también en una idea, en una obsesión de humo, me veía deslizando hábilmente esa seda por las bocas de las embutidoras para empujar con la manivela la carne molida, y así, por los siglos de los siglo amén, Señor. Me levanté entonces a traer la charola con cafecitos.

Piri me siguió. Quería ayudar en lo que fuera. Le pedí que llenara la tetera y la pusiera al fuego.

No va a alcanzar, dijo. Ha venido gente nomás.

Puso la olla de aluminio y se apoyó contra la pared a esperar el hervor. Recién entonces lo miré a fondo. Era el mismo Piri, pero con la carne más pegada a los huesos del modo en que la adultez cincela la carne. Él también me miraba a fondo, pero de esto tardé un poco más en darme cuenta, quizás porque los que habían venido al velorio también habían estado mirándome, con disimulo pero con intensidad, tal vez entreviendo el mismo futuro que yo era capaz de olfatear.

Has crecido, dijo. No era una conclusión, el resultado de una medida, sino una frontera de comprensión de la vida que él me invitaba a cruzar.

Ahora uso mi nombre, es decir, mi nombre de bautismo, dijo también. Y sacó así, sin más, su cédula de identidad.

No sabía que te llamabas "Frank", dije. Y más bajito: Como Frankenstein.

¿Cómo quién?, preguntó Piri, fingiendo no saber. Yo indiqué con mi barbilla que el agua ya hervía y comencé a alistar las tacitas desechables. Piri vertió un paquetito completo de café grueso y lo batió con un cucharón que, en realidad, todavía tenía restos de grasa. Yo no dije nada. De alguna manera disfrutaba de una comodidad antigua, recuperada de la infancia, en cómo nos movíamos en la cocina, en las cosas que quedaban suspendidas.

Mientras servíamos las tacitas, él con el cucharón grasoso y yo con un caneco, Piri me dijo que había podido terminar la secundaria en una escuela nocturna e incluso capacitarse como cuentacuentos.

¿Qué es eso?, pregunté, pues no podía imaginarme un oficio así. Mi abuela decía que había conocido a su marido cuando él trabajaba contando reses en las fincas que hacían servicios para el Matadero municipal y eso ya me parecía un oficio peor que el de plomero o el de sepulturero, por ejemplo; por suerte luego se hizo oficial de Registro Civil, con lo que mi abuela llegó a decir que todo era prácticamente lo mismo: sudar, copular, comer. En cambio, la profesión con que Piri se ganaba la vida me parecía absurda. ¿Quién podría pagarte por eso? Las escuelas que ya están aplicando la nueva Reforma Educativa, dijo Piri. Y también me defiendo con funciones esporádicas como telonero de obras teatrales.

¿A ver?, lo invité de nuevo con mi barbilla. En ese tiempo, ahora que lo pienso, mi barbilla lo era todo, el lugar de mi tímida arrogancia, el pomo todavía inmaduro de mis deseos, y también, sobre todas las cosas, el dique en que temblaba mi terror a los años que venían, yo solita, sin mi abuela, sin su amor torpe y desmedido.

¿Me estás pidiendo un cuento?, sonrió Piri. Era, en realidad, la primera vez que sonreía durante esa visita. Seguramente fumaba, como mi abuelo, porque los dientes amarillos contradijeron o afirmaron, ya no sé, la adultez cuidadosa desde la que me hablaba.

Se dio cuenta de que le miraba los dientes porque dejó de sonreír y se puso colorado. Bajé la vista y me topé con sus zapatos, eran los mismos, los de siempre. Sin embargo, él se aclaró la garganta y con una voz más ronca dijo: "Esta era una niña a la que su abuela le había tejido una hermosa caperuza de lana roja capaz de protegerla de todos los peligros del mundo, una caperuza tan protectora que...".

Fue, como digo, mi barbilla la que me traicionó. Incontrolable, un sollozo hondo se descuajaba, pese a que me mordía el labio inferior hasta reventarme la piel deshidratada.

Piri me abrazó. Olí su cuello ácido.

Me gusta tu trabajo, dije, como pidiendo disculpas.

¿Querés que siga?, preguntó él.

Sí, tenía que seguir. Me desprendí suavemente de su cuerpo atravesado de viajes y busqué un punto de concentración, pero que me mantuviera conectada con él, con el cuento.

Con el pulso decidido puse pequeñas raciones de azúcar en las tacitas. Ni siquiera me importó si el café se había entibiado. ¿Quién más podría consolarme? Mi abuelo, rodeado de sus veteranos de la Guerra del Chaco, bebía lentamente un singani que uno de ellos le había servido para soportar la pena.

Mientras tanto, la milenaria niña de la caperuza roja había cruzado ya todos los límites. Ahora estaba allí, frente al mismísimo peligro, señalando sus fauces. ¿Por qué tenés esa lengua tan jugosa?, preguntó Piri, con la voz amaestrada en sus talleres de capacitación.

Para comerte mejor, reí yo, sorprendida de que la felicidad asomara, inmaculada y llena de pudor, en medio de esa tarde tan amarga.

Alguien vino a decirme que el cura y la banda habían llegado. Era hora de despedir a mi abuela, de devolverla al polvo. Quise que Piri me abrazara de nuevo para darme valor. ¿Dónde se había metido? Seguramente buscaba algo de sí mismo en el tercer patio. Qué decepción iría a llevarse cuando viera la maleza carcomiendo los ladrillos y la noria casi seca, solo herrumbre líquida allí donde tantas veces habíamos mirado el reflejo de nuestras caras, la suya siempre detrás de la mía. ¿No tenés miedo de que te empuje?, preguntaba con el mismo morbo áspero con que escondía en el bolsillo los retacitos de tripa. Si hubieran sido otras las circunstancias, me habría arrojado al fondo de la casa a buscarlo en clave de cuento: "¿lobo, estás?". Pero eran los minutos de la muerte y ni mi imaginación ni mi pánico iban a deshonrar ese momento.

En el trayecto al cementerio, mi abuelo y yo caminando cerca de la camioneta donde habían emplazado el cajón, busqué otra vez a Piri entre la gente, pero no pude encontrar su cabeza de rulos negros. Incluso, instintivamente, lo busqué con el olfato, aspirando en contra mía el olor precozmente podrido de esas flores gigantes y aterciopeladas como tarántulas que suelen enviarles a los pobres muertos.

¿A quién buscás?, susurró mi abuelo, medio borracho. Agradecí su aliento a singani.

A Piri, dije.

¿A quién?

A Piri, abuelo, el criado de abuelita.

Acá no vino ningún Piri, dijo mi abuelo.

Yo volqué la cabeza un par de veces más, pero solo me topé con los ceños adustos de toda esa gente, caras iguales toditas, más allá de sus edades y sus envidias o su lástima. También busqué entre los zapatos, busqué, busqué, pero nada.

Mi abuelo me sacudió con discreción. Vos estás loca de la mente, dijo. No me sentí herida. Mil años habían caído sobre la frente valerosa de mi abuelo y sus medallas de excombatiente lucían desproporcionadas en el cuerpo flaco. Igual, nadie más pudo escucharlo porque ya la banda luctuosa rompía ese atardecer con su percusión hueca, como un demorado corazón que se vacía.

Yucu

Lo primero que se distingue de la turba que grita mi nombre con una mezcla de fanatismo y horror es la escandinava cabeza pelirroja de Olaf Stamm, el cura, que está allí supuestamente para controlar los ánimos y garantizar que se me aprehenda con las garantías de ley. Que se ejemplarice la punición del más execrable de los pecados, pero que el pueblo no manche sus manos.

No me sorprende reconocer a la cocinera entre el gentío. La disculpo. El rostro moreno sobreexpuesto al sol y a la tristeza ni siquiera gesticula. Está allí porque tiene que estar. ¿En qué otro lugar podría aguardar por la reaparición de la hija, la meserita de ocho años, cuyo colmillo izquierdo yo guardo en calidad de obsequio? Si la cocinera tocara a mi puerta con seria amabilidad, yo le devolvería el colmillo, para que por lo menos tuviera algo de la hija, un recuerdo.

Pero así, con brutalidad, yo no cedo.

Piensan que voy a quebrarme, que mi condición de extranjero constituye un terreno abonado para el escarnio, que traigo de otras culturas vicios y taras que practico en mi enfermiza intimidad.

En todo caso, el cura es también un extranjero y trae sus propios vicios y sus propias supervivencias. Si lo acogen es por el negocio redondo que les ofrece desde su atril cada domingo: la eterna salvación. Yo, que conozco mejor el tedioso asunto de la eternidad, no prometo nada. Ni jodo, ni que me jodan. Negocio justo.

Hasta ayer vivía bien acá. No tenía planes de moverme del Beni por lo menos hasta que se hiciera indisimulable e incómoda la persistencia de mi relativa juventud. No siempre puedo fingir. No siempre quiero fingir. La autenticidad es para mí un lujo, algo que otros desperdician y gastan sin un proyecto. La autenticidad debería ser un proyecto existencial, o por lo menos político. Esto es algo que la niña intuyó desde el comienzo y por eso me atreví a hacer lo que hice.

¡Que salga el maldito!, grita alguien de la turba. Es una voz aguda de mujer. La cocinera permanece quieta, en silencio, dignísima en la tragedia. A ratos me entra la duda de si ella estaba enterada.

¡Salí, hijo de puta!, grita un hombre.

Espío por la hendidura que ha dejado un piedrazo en la madera gastada de la ventana de cuatro hojas. Los cuellos gritan, se inflaman, brotan venas importantes que, sin embargo, en este momento, no me despiertan apetito alguno. No estoy nervioso por ellos. Esta inquietud responde a otras causas.

La niña desapareció hace dos noches. Las primeras barridas de la Policía dieron con un grupo de maleantes de poca monta. Los soltaron después de masacrarlos y comprobar que, aunque ubicaban a la meserita, no tenían la más pálida idea de su paradero.

Fue el propio Stamm, con sus terrores eclesiásticos, quien se apersonó en la Comandancia para comentar sus sospechas. La anterior vez, con el caso de la gringa pelirroja (¿qué cuentas pendientes tendré yo con los pelirrojos?), fue también el mismísimo Stamm quien sugirió mi nombre como un dato a tomar en cuenta. No se armó ninguna turba aquella vez, y hasta pude hacerme el ofendido, el dolorido por semejante insinuación. Además, la Embajada quedó contenta con el informe forense: la gringa se había electrocutado intentando tumbar mangos maduros de un árbol más frondoso que el que Olaf Stamm cultivaba en el edén de su imaginación. La varilla metálica con la que la infortunada intentaba robar esos frutos había hecho contacto con un cable de alta tensión que atravesaba el follaje y, como dicen por estos lares, "chau majau".

El único que podía atribuirme una muerte con ese método era el cura Stamm, que sus conocimientos tendrá y eso se lo concedo.

Una noche de insomnio, mientras miraba Marte, único planeta que me tranquiliza, Stamm pasó por mi vereda. Había salido a pasear a los perros que cuidaban la parroquia después de que unos brasileños dejaran a la Virgen apenas cubierta por el velo, llevándose la joyería barroca que la adornaba. Los perros, obvio, recularon con las pelambres erizadas. Esto no me sucede en días normales. Pero esa noche había soñado con otros siglos y mis poros exudaban nostalgia. El sudor de un tipo como yo es mala cosa.

Stamm miró al piso, no por miedo, sino calculando los centímetros que mi sombra alcanzaba bajo mis pies. Yo seguí mirando Marte y esperando con paciencia la respiración de algún gatito callejero.

La única que supo darse cuenta de lo que me carcomía fue la niña, la hija de la cocinera. Ojos negrísimos, ancianos, el negativo de los dientes nuevos, blancos, en los que todavía se podía ver el filo aserrado, como si la chica jamás hubiera masticado algo consistente, un buen trozo de carne roja, el cilindro fibroso de la caña, como si se alimentara de papillas y payuje.

Reconozco que han sido años fáciles comparados con los anteriores. La gente del Beni es famosa por su carácter alegre, a ratos indiscreto, metiches pues, pero nadie se había atrevido a indagar más allá de lo que estuve dispuesto a compartir. El concepto de "extranjero" acá todavía tenía un halo romántico, un cierto glamur añejo del que no gozaba desde comienzos del siglo XX, cuando pasé una temporada en las afueras de Alemania, en Branderburgo, dos o tres décadas. Me trataban bien allí, con distancia prudente pero con el debido respeto, hasta que mis hábitos alimenticios comenzaron a molestarles y confundieron mi entonces insuperable aversión a las carnes con una estructura judía que no poseo. Porque yo no poseo nada. En general, comprendo y acepto todo de las culturas y esta pasividad benevolente, por llamarlo de algún modo, me ahorraba una serie de trifulcas que mis músculos agradecían. No se trataba de una estrategia trashumante; era, más bien, un cansancio crónico.

Un maldito cansancio.

El día de la desaparición las cosas se dieron como siempre. Era un día nublado, así que aproveché de comer a la intemperie. El calor del trópico, bromean los lugareños, es una antesala del infierno.

La niña se acercó con la libreta. Hoy sirven "Hígado revuelto", "Pacú ahumau" y "Coto relleno".

Caray. ¿No tienen "Falso conejo"? (Me hacía gracia ese plato, mi favorito).

No, señor Duque. Lo que le dije nomás, y para tomar, solo chicha y limonada.

El "Hígado revuelto", ¿lleva huevo?

La niña le preguntó a gritos a su madre, la cocinera, si el "hígado" llevaba huevo, que lo estaba preguntando "el duque".

Extrañamente me llaman "el duque" por mi afición a las guayaberas y no por mi nombre, Duke Moldova. Lo de las guayaberas es más bien un gusto que adquirí aquí mismo, de las costumbres del trópico. Una muchacha de Moxos viene a casa tres veces por semana para lavar y planchar. Es una artista almidonando los cuellos. Los llevo bien erguidos, aunque el sol raje. Nunca he sentido un apego especial por la moxeña, el pescuezo anémico me deja indiferente. Además, pocas veces mezclo las esferas en las que organizo mis días.

El "hígado revuelto" sí llevaba huevo. Y yo, con aquel episodio que levantó polvo en los cuatro puntos cardinales del pueblo, agarré una especie de alergia al huevo, no a su sabor, sino probablemente a la albúmina, o a la imagen de la gringa pelirroja explicándole a la niña lo que significaba ser "vegana". La niña la miraba maravillada, mecida por el acento accidentado, con los ojazos negros fijos en la cara pecosa de la gringa. Los argumentos veganos eran largos, evangelizadores, pretendían llegar al tierno corazón de la pequeña mesera, contaminarla de su quisquilloso amor por el reino animal, culpabilizarla. *Tengo una vaca vegana, es una vaca australiana, come pasto en la mañana, fuma hierba en la ventana, larí-lará, larí-lará*, cantó finalmente la pelirroja. La meserita sonrió por breves segundos, intuyendo, desde una inteligencia pretérita a su edad temporal, la desesperada cosmética ideológica de los miserables seres humanos.

Entonces surgió algo en el menú que pareció conformar los altos rigores de la pureza vegana, se trataba de una crema de zapallo. Fue en ese momento que intervine con una oportuna traducción. "Zapallo" era lo mismo que "calabaza", es decir, "pumpkin". La gringa sonrió agradecida. Tenía un cuello pálido de venas celestes, poderosas. "Sin leche", recalcó la gringa. La cocinera, que ante el evangelio vegano había salido hasta el patio para atender a la gringa, arqueó las cejas. Iba a ser difícil cuajar el zapallo sin leche, pero ya vería cómo...

Si es así, prefiero una porción de "Coto relleno", ordené.

Bien rellenito, prometió la niña, y se alejó talón planta punta hasta la cocina. La niña era a todas luces distinta. Su amabilidad respondía a la cultura, sí, pero una especie de arrogancia la elevaba por sobre los objetos y lo prosaico de su trabajo. Estaba hecha para otros sinos. Un día me dijo que había soñado conmigo, que yo sabía de qué se trataba su sueño. No indagué. Uno nunca sabe el tipo de tretas que usan los nativos para meterse donde no los llaman. La cocinera se sabía los pecados de medio pueblo. Pero los ojos negros y la sonrisa de dientes con sierra me convencieron de las salvajes intuiciones de la meserita. No buscaba ninguna otra información que la que ya poseía sobre mí.

Me distraje mirando los bufeos rosados. Bufaban despacito, se acercaba ya la época de apareamiento, de modo que los picos húmedos se habían puesto de un rosa aun más intenso, se daban besos, brincaban y se zambullían con elegancia, aleteaban como enormes pájaros. Lindos bichos. El cura Stamm llegó a la pensión en ese momento. Nos saludamos con discretas inclinaciones de cabeza. Eligió una mesa que bordeaba la orilla. Les sonrió a los bufeos, quizás por puro automatismo. Esos delfines son más que simpáticos y ablandan el ánimo.

La niña trajo finalmente mi orden. Asentó el plato humeante sobre la madera bruta de la mesa, madera que me gustaba por sus irregularidades, en las que detenía las yemas de los dedos con el mismo objetivo con el que los japoneses amasan bolas de cristal: para sosegar el hambre. No esta hambre, digamos física, sino la otra, el hambre que me animaliza, el lugar común de mi leyenda, el hambre previsible que me iguala, en desesperación y humillación humana, a los esqueletos de esas fotografías malintencionadas de África. A mí también podrían tomarme una de esas maniqueas fotografías las noches de inquietud, cuando me levanto a mirar el planeta Marte, a escuchar el bramido de sus gases protegiéndolo de ese intestino infinito y voraz que es el universo. Mis noches de Marte son mis noches de lucha, otro viejo lugar común con el que la vocinglería popular ha tejido cuentos baratos. (Quizás esto, mi vida, este paréntesis en el trópico boliviano, haya sido otro cuento barato, a no ser por la presencia de la chica, que sosegaba mis batallas). En todo caso, mi lucha no es tan descomunal ni tan perversa. Apenas un retortijón incómodo en el estómago, un insomnio persistente cercano a la infelicidad, y la certeza de que pese al cansancio crónico, quiero, tengo que seguir respirando. Mi tarea es tan pasiva como la del testigo. Ni siquiera hay un interlocutor. Miro los siglos, me alimento y sobrevivo. Las noches de Marte, en resumidas cuentas, escribo algo, lo quemo rigurosamente, y me contento con algún gatito famélico sin dueño que lo llore ni perro que le ladre. Y si alguien me tomara una fotografía en el instante en que espero por el anémico felino, podría ver la indefinible debilidad de mi naturaleza, aceptando estas limosnas de la civilización. (Joder, tantos años y no he podido erradicar la autolástima).

El plato en cuestión era sencillo. Miré a la niña, como reclamándole algo, la exuberancia de otras comidas que había recibido en esa misma pensión de la Laguna Suárez. Nunca pedía pescado para no buscarle cinco pies al gato, pero podría decirse que esa pensión era una sucursal del Olimpo. La niña sonrió, transparente, puro cartílago. Una gotita de sangre le teñía el labio inferior. ¡Oh, por Dios, dame paciencia!, respiré hondo. Qué miserable soy.

Apunté a la boca de la niña con mi índice tembloroso, cerrando los ojos para no verla, temblorosa también, sangrante. Debió creer que era asco lo que era invencible debilidad.

Patean la puerta y los travesaños interiores con que la he asegurado se tensan, pero no ceden. Pienso en ataúdes medievales, de maderas tan humildes y finas como estas del Beni.

¡A lincharlo!, se enardecen las voces. Es curioso, pero casi diría que hay alegría en ellas, una renovada vitalidad.

Me cambio la guayabera sudada. Debemos estar cerca de los cuarenta grados. Ojalá lloviera. *Que llueva, que llueva, la vieja está en su cueva*, tarareo. Silbar no me sale. No ayuda ni la dentadura ni el paladar.

¡Una soga!

Ese día, al atardecer, esperé a la niña por el camino de tierra. Conocía la rutina de la cocinera y sabía que se quedaba en la pensión hasta el anochecer a descamar pacú. La niña emergió de la loma

Monovi con paso decidido. Una patita delante de la otra. Venía como concentrada en las piedras que, al friccionarlas, sacan chispas. Yo la había visto juntar esas piedritas en un bote de cristal. Cuando se adelantó, la seguí un poco. Quería disfrutar de esa velocidad infantil, con la que iba a quedarme, sí, pero en otros términos.

La niña escuchó, me imagino, el chasquido de mis tenis en la arena y, en vez de correr, aminoró la marcha. Sin embargo, levantó la cabeza para sentir, supongo, cuán cerca estaba aquel que la seguía.

Yo estaba lo suficientemente cerca como para perderme con el olor ácido de su cuerito. Porque ella entera estaba cubierta por una piel resistente, asperezas de niña que la protegían, como si ella fuese dos. Una para atender a los clientes de la pensión, y otra que era solo una luz tenue y salvaje buscándome en el camino de tierra.

El pelo, en cambio, olía a humo. Estiré la mano y le toqué la trenza semideshecha.

La niña volteó con los ojos negros enormes, húmedos de lágrimas.

La turba entra. Olaf Stamm nombra a Dios, pide serenidad, confianza en una justicia que excede la voluntad del hombre. "¡Son hijos del Bien!", grita. "¿Acaso no escuchan, hombres sordos?, ¡son hijos del Bien!".

Miro el reloj de arena que yo mismo diseñé con arenilla fina del Mamoré. Un reloj infalible, indiferente al tiempo de algún modo. Faltan tres horas. Acomodo el cuello de la camisa. Esta vez me parece que la muchacha se excedió con el almidón.

No tuve que ofrecerle caramelos ni tender ninguna archisabida trampa. La llamé por su nombre: Lena.

Esto es tuyo, dije, extendiendo la joya.

Lena miró la palma de mi mano.

Tiene muchísimas arrugas en su mano, señor... Duque, dijo. Las lágrimas le corrían por la carita morena.

Lena olía también a cebollas frescas.

¿No vas a tomar lo que es tuyo?

Tres sujetos pasan una soga gorda por mi pescuezo. No me preocupa que me revienten. No es ese el método. Me arrastran por entre los pies del gentío. Reconozco las piernas varicosas de la cocinera. Todo pasa muy rápido. Stamm intenta protegerme con su cuerpo vikingo, pero lo empujan, le dicen "permiso, esta no es su tierra ni su reino", una bota de vaquero me patea la cara, ni siquiera les advierto de las consecuencias de rociar su tierra con mi sangre, y de pronto estoy atado de pies y manos al mástil de la plaza donde cada 18 de noviembre izan la bandera.

El famoso "Coto relleno" era, en realidad, un gusano regordete en la vastedad circular del plato. Un trozo de yuca atenuaba la soledad de la porción. No me decidía a cortar esa tripa, su totalidad obscena me hipnotizaba.

Olaf Stamm me miraba desde su mesa, hambriento y asqueado por la visión de mi almuerzo.

He desarrollado la capacidad de verme por fuera, algo que hace cinco o siete siglos me era francamente imposible, siempre estaba atento a mi instinto, al instante demasiado breve de la satisfacción, en una intimidad asfixiante. Era mi propio caníbal. En eso debe consistir la penitencia de mi estirpe: el instante contra la eternidad. Cae vencida la eternidad ante la infantil existencia del instante. El hombre común no lo sabe y es feliz.

Troceé el "coto" en tres partes. Me gusta hacer las cosas así, en tres episodios, quizás imitando la longitud de los relatos. En la primera parte alguien sufre, me lo van a decir a mí, que reconozco el pánico hasta en los ojos de un sucha. Es curioso. No deja de sorprenderme la creatividad de los pobres, azuzados por la adversidad para distraer a la muerte, los lados ordinarios de la muerte. Yo también, si lo pienso con sinceridad, soy bastante pobre: siempre calculando la inminencia de mis carestías, la falta de gatos, las sospechas de un pueblo que sabe diferenciar entre sus crímenes y los hechos abominables.

Había filosofía en ese "Coto relleno". La piel del pescuezo de la gallina –la ingeniería delicadísima de los huesos que lo estructuran– es rellenada con las menudencias del mismo animal. Nada se desperdicia, todo se transforma, se contiene a sí mismo, en un egoísmo molecular disfrazado de economía. Debía ser por eso que me sentía bien en este trópico agresivo, por esa ética salvaje a la hora de sentarse a una mesa.

Acabando el plato es que descubrí la joya, ¡la sorpresa! Una perla puntiaguda brillaba en las entrañas del "coto". Levanté la cabeza, mi vista barrió la bahía, las aguas todavía calmas, los picos femeninos de los bufeos toqueteándose, el alar de la cocina, los ganchos de las redes de pesca, la hamaca trasera con sus flequillos de hilos bailando con la brisa; llegué hasta la niña y la vi sonriente, con la recién nacida oscuridad en el lugar donde hasta esa mañana tenía el colmillito izquierdo. Me lo había ofrendado. La niña me había ofrendado un fruto de su infancia.

Ganas antiquísimas de llorar me agriaron los ojos. Uno como yo no llora sin pagar las consecuencias. Las ampollas que levanta esa sal son persistentes, me asemejan a un leproso. Un ser con el que puedo tener ciertas cosas en común, pero con el que definitivamente no empatizo. Cuestión de química, de leyendas tensionadas.

No lloré. Me tomé la chicha de un saque. Su acidez final me recompuso.

El cura pelirrojo me miraba con maldad eclesiástica.

Guardé el colmillito en el bolsillo. Me serví un poco más de chicha, bebí un último trago y me retiré. El cura dijo "Buen provecho" pero con la mirada entornada, midiendo mi sombra y la manera en que esta se pliega a mis talones.

¡Ahora pedí piedad, Moldova maldito!

Alguien trae un galón con gasolina.

Lena, digo en voz baja.

Olaf Stamm llora desesperado. Levanta las manos y dice que por lo menos tengo derecho a orar. No sé si lo dice por las circunstancias o es una estratagema. No puede estar hablando en serio.

La enterré entre árboles altos, oscuros, para que al despertar no tuviera convulsiones y la sed fuese tolerable. Hay mitos y hay verdades. Le había preguntado si conocía una palabra mágica en el idioma de su madre, el moxeño, que esa sería su palabra para cuando tuviera que trazarse una ruta transecular, para que la dilución del tiempo no le cavara lo de adentro, para que las vidas hacinadas no la embotaran de un tedio insoportable.

"Yucu", dijo Lena.

Armamos una fogata discreta y pusimos el colmillo a cocer, solo para estar seguros. El diente surgió filo y platinado como una luna menguante. Entonces le tomé la muñeca y con su propio colmillo hicimos el tajo. El resto fue menos complicado. El crujido de su "cotito" al quebrarse para abrir su flujo me conmovió. Ahí sí lloré un poco, de la pura emoción.

Luego hundí mi cara, mis fauces, la longitud de mis búsquedas en el río de Lena.

Le había prometido que despertaría al tercer día, como había ocurrido con tantas personas a lo largo de la humanidad. Y Lena prometió que lo primero que haría sería buscarme. Venir a mí.

Me rocían gasolina en las piernas. No pido piedad. Además, el mundo ha perdido sus sonidos. Por algún motivo, más bien, me aflige la angustia del cura Stamm que, prácticamente sostenido por dos cambas corpulentos, comienza a vomitar. Un vikingo inútil en una tierra donde el mar es dulce y cruel. Un mar ancho como una hembra multípara, que no desemboca en ninguna parte, un mar cuajado. Un mar espurio que también engendra eficaces pirañas. Pobre cura.

La cocinera me mira sin sentimientos reconocibles, desde un pozo hondo. Me gustaría darle el colmillito, consolarla, decirle que Lena tendrá nuevos dientes, flamantes, despóticos, envidia de cualquier fauna.

Las mujeres tiran piedras y frutos podridos. Los adolescentes prenden fósforos y los apagan de un soplido, jugando, torturando. Está bien así, que se diviertan durante la hora restante que Lena tardará en despertar, sorprenderse de ese nuevo estado de ánimo del mundo, del verde áspero de la hierba, sacudirse las hojas secas, acomodarse la trenza, comer rapidito algún conejo, apretar los ojos mientras aprende el primer sabor de un corazoncito blando, atravesar el monte atroz, espantar el ganado y venir, venir a mí.

Mientras tanto, que siga ascendiendo desde los pantanos esa niebla cómplice, y que el ulular del viento avive el fuego estéril a mis pies. Arder es lo que quiero.

Pasó como un espíritu

Me quedo mirando cómo escurre el hilo finito de sangre por mi rodilla puntiaguda. El cadáver del mosquito parece un lunar cancerígeno a un costado, donde el hueso forma una suave hondonada, protegiendo el líquido que permite caminar. Hago una pinza con los dedos, como si estuviera a punto de pescar la escurridiza aorta de un bebé, y de un soplido lo arrojo al pastizal. Ya vendrá una graciosa lagartija a morfarse la presa, nada del otro mundo. Chupo la sangre, una manchita apenas, más sal que otra cosa.

—Pensé que lo ibas a dejar... —dice Ramón. Sé a lo que se refiere, pero no tengo ganas de hacérsela fácil. Me vengo bancando su problema de eyaculación precoz sin decir ni mu, mientras él me llama ninfómana, obsesa, enferma y otras cosas, solo porque no puede mantener la pija dura por más de tres minutos. No sé por qué lo invité. No sé por qué aceptó. En resumidas cuentas, lo que él sabe de este tema lo sabe el pueblo. Y nada es totalmente cierto.

—A ver, Ana, ¿no era acaso un capricho pasajero, una forma de madurar? —insiste, en un vano intento por destruir mis sueños.

—En esta región no hay una facultad seria de medicina forense, o por lo menos un instituto. Aprendés mejor con los perros muertos, los perros que la gente...

—No me refiero a eso, Ana, no hablo de tus estudios. Pensé que ya habías probado lo suficiente el asunto este de tu "verdadera vocación". ¿Quién se jode así por puro gusto? Que te jodan, que te recluten es una cosa, que te incinerés en un campamento de extremistas es otra. Lo tuyo es autodestructivo. Ya curaste un montón de indios.

—¿Curarlos, decís? ¿Probado lo suficiente? —Tengo ganas de gruñirle que esto no es un *quicky*. Una cosa para llorar o morirse de la risa.

—Sí, sí, ¿o no? ¿Vas a decir que no? Esto de poner a prueba tu... tu sensibilidad, tu compromiso con lo real, ¿no te asusta lo que vimos? Ana, tu obsesión por el Evo...

—No es obsesión por el Evo —lo corto, y ahora que me escupa en la cara su semen barato, sin sudor–. No es una puta y simple obsesión por el Evo. Es otra cosa, es... Pero qué sabés vos, qué sabés.

Si algo bueno tiene Ramón es saber callarse justo en la cuenta regresiva. Se da la vuelta y hace chirriar el cierre de su bolsa para dormir cubriéndose hasta el pescuezo.

—Ponete repelente —me aconseja–; acá la nueva generación de mosquitos multisistémicos no respeta a nadie.

Yo no busco respeto. No el respeto amanerado. Acá, en vez de respeto, hay sospecha, pero eso se puede diluir. Si se puede diluir la grasa de las liposucciones en las enormes calderas del subsuelo de los hospitales antes de enviarla a los laboratorios de cosmética o a las industrias de lámparas ecológicas, ¿por qué no se va a poder diluir también la sospecha? Volverla plasma, transparente, un suero suave, una cápsula sinovial, ya que estamos.

Me pongo el repelente, pero no me meto en la bolsa. Han dicho que el Evo pasará por las carpas al amanecer, antes de llegar a la cabaña del cerrito, donde harán el ritual. Puede que pase a otra hora, es así, cambian la información para cuidarlo.

Me levanto y camino hasta otra carpa donde tres cholitas conversan. Una de ellas tiene el cachete inflado por la bola de coca que de repente le envidio a morir. Las ronchas en los tobillos comienzan a arderme.

—¿No saben a qué hora viene, mamitas?

Ninguna contesta. Están sentadas como budas, mascando coca, tejiendo mantillas para la virgen, velando una mesa negra con muñequitos, penes y bebés de cera, y dulces y serpentinas retorcidas como un nido de víboras. Casi diría que no existo si no es por el ademán que hace la más vieja de alcanzarme la bolsa plástica con coca recién recogida.

El contacto con la carne tierna de las hojitas me conmueve.

—Ya pues —insisto—, ¿a qué hora va a pasar el jefito?

—No va a pasar —responde por fin la más vieja. Las comisuras de los labios se le han rajado por la espuma verde y parece sonriendo todo el tiempo. O quizás ya esté enferma.

—¿Cómo que no?

—Porque ya está, palomita, ya está en el cerro.

—Cómo así?

—Pues así, así —dice riéndose la menos vieja, escupiendo la

punta de una hebra de hilo para ensartarla en una aguja, pese a que la luz de la lámpara de mercurio no deja ningún espectro en su sitio–. Pasó como un espíritu.

Las tres ríen bajito, con hipo, como llorando. Regreso a mi carpa con un bollito de coca en la mano izquierda que he conseguido me obsequien a cambio de largarme, de dejarlas con sus meditaciones andinas, esa forma de telepatía que, aunque lo vengo intentando durante años con prácticas realmente disciplinadas, no termino de comprender. Camino a zancadas por el pastizal. La coca me palpita en el puño apretado. No quiero calentar el tesoro con mi sudor para no pudrir ni una hoja. La coca sudada pierde potencia.

Ramón es un bulto inofensivo. Le alumbro la cara con la linterna, los párpados densos en plena actividad onírica lo mantienen a salvo. A salvo de mí, de mis deseos. No lo muevo. Meto las piernas en la bolsa y cierro el asunto hasta la cintura. Parezco una sirena obesa, o un gusano gigante. Pienso por un momento en el verdadero amor y me aterra la posibilidad de que eso, como Dios o tantas otras cosas, sea un invento de la humanidad. "*Sos una zombi, es lo que sos*", dijo hace poco Ramón reprochándome la falta de reciprocidad. Quedarse a solas con los sentimientos no debe ser muy grato, por eso yo prefiero la vocación, el fanatismo, el sentimiento obsesivo y unidireccional. A lo lejos, las figuras zen de las tres cholitas tiemblan por la luz de la lámpara. Ancladas sobre sus polleras parecen tres inofensivos capullos de loto. Ellas también deben ser espíritus. Nunca les he visto los ojos.

El sueño comienza a adormecerme. Ya no me escuecen como mil demonios las ronchas de los tobillos. Es la coca, su caricia. Y pensar que en todos estos años solo he visto al Evo en estampitas y sellos. Ah, y en los hologramas, claro. Pero eso no cuenta.

Despierto en la madrugada. Todavía el fantasma de la becqueriana luna flota en el cielo gótico. Me río despacito de mis barrocadas. No sé cómo estar realmente desnuda, sin ese lenguaje viejo que se aferra a la mente. Pienso en un poema cuántico, digo "mentira lunar" y ya no sé dónde termina la vulgaridad y dónde comienza lo importante. Lo cursi es siempre hermoso. La soledad del valle no es suficiente. Todo, todo está lleno de fantasmas.

—De qué te reís —indaga Ramón, que ahora fuma, acuclillado, rodeado de hormigas coloradas inmunes al repelente.

Hay algo escatológicamente femenino en el modo en que se balancea en esa posición, como si estuviera sufriendo un parto. El viento le vuela las cenizas y también en esa microescena distingo algo bíblico que me estruja el corazón: Ramón desintegrándose en mi pasado. Ramón hecho sal y luego nada. El sol venciendo las células. Y luz, luz hasta vomitar.

—Buenos días, ¿no?

—Te reías...

—Uno ríe para sobrevivir.

—Vaya... Amaneciste en onda Alfa.

—Juro que hoy no me vas a apretar los botones, Ra, hoy no. No, no, no. ¿Vos? ¿En qué onda, vos? Anoche roncabas como un narco.

—Lujos que me doy.

Una bandada de cuervos ensucia la primera claridad. Caigo en la tentación de pensar que son una hermosa señal, que todo saldrá bien. Ramón, en cambio, frunce el ceño. Tengo ganas de consolarlo.

—¿Desayunamos?

—En ello estamos —Sonríe. Prende un nuevo cigarrillo con los residuos del primero. Lo chupa con hambre.

Ramón sufre en el campo, necesita smog. Yo, por mi parte, hace mucho que no consumo Bluetrain, de modo que esta dulce angustia, esta forma de dolerme el mundo, de sufrir y ser feliz con la anticipación del héroe, solo puede ser innata. Es parte de mi vocación, ese llamado que Ramón desprecia.

—¿Viste algo? —le pregunto, incorporándome yo también. Tengo la boca seca, es el ch'aqui verde.

—Nada. No ha pasado nada, y no creo que pase.

—Qué pesimista —protesto. De pronto me irrita su debilidad, su falta de fe.

—No es pesimismo, Ana. Se nos acaba el tiempo y yo tengo que regresar a la planta. Yo no tengo una beca...

—Podrías renunciar. Tendrías derecho a un bono, a muchos bonos, sos...

—No quiero bonos. ¿Vos creés que yo quiero bonos? Por Dios... Y no es que me interese enormemente mi trabajo. Casi diría que estoy harto. Pero, Ana, haceme un favor, solo trabajá tres días seriando fetos de llama, Ana, tres días. No vas a ver el mundo del mismo modo.

—¿Y cómo lo vería?

—Feo. Triste. ¿Has visto de cerca una llama? No una viva,

una llama muerta con los ojos inmensos abiertos, y vos metiéndole ácido para empaquetarla como si respirara.

—Es la demanda, ¿no? Los de antes se quejaban porque no exportábamos cultura; ahora hemos desplazado a la industria del vudú, ahora...

Es Ramón quien ríe en este momento.

—¿En serio te creés que exportamos cultura? No tenés una pizca de sentido crítico. Sos parte de la hipnosis colectiva. Sos... una romántica, de las más básicas. Este imperio está en franca decadencia y no hay heredero. No lo habrá. ¿O qué creías, Anita? ¿Apostabas por el milenio completo?

Ahora no estoy segura de si ríe divertido o con sorna.

—Qué importa lo que yo crea, Ra. Solo pienso que deberías aprovechar la oportunidad. Hoy estamos más cerca que nunca de verlo, ¿te das cuenta?

Ramón no se da cuenta. No le importa. Ha vivido toda su vida sin verlo, casi ignorando su poder. Soy yo la fetichista, la *romántica* inoperante. Arrolla el saco de dormir y mete en él sus pocas cosas, la botella de agua, sus inútiles documentos, la chamarra, el repelente, la cámara fotográfica que solo contiene fotos mías, fotografías involuntarias, invasiones.

—Yo me voy, Ana. Esto no tiene sentido. Es arriesgado al pedo. Te acompañé y eso es todo. Viniste, buscaste algunos modos, dejalos ya que se extingan. No se puede tapar el sol con un dedo, ¿sabés?, menos este sol maldito... Este puto sol...

Ramón alza la cabeza con furia, pero el orto dorado ni se inmuta. Avanza entre nubes hacia el mismo cielo de hace siglos. Tomará venganza hacia el mediodía.

—¿Y qué vas a hacer?

—Me largo en el próximo autobús.

—El próximo autobús parte el miércoles, tonto. Tendrás que caminar hasta la villa más cercana, el caserío donde...

—Pues caminaré.

—¡Hey! —intento detenerlo. El día es de una peligrosa nitidez y temo que se calcine. La villa más cercana es, en realidad, una base de control.

—Si te viera tu padre, vos aquí... —farfulla Ramón con una mueca amarga.

Un aguijonazo en el bajo vientre me deja quieta. El día comienza a tragarse a Ramón.

No pasa mucho por la mañana. Las cholas trajinan en silencio y entierran los restos de la mesa, los cabos de las velas que han perdido sus formas, los dulces carbonizados, penes ahora convertidos en tristes amapolas. El hoyo que cavan es profundo. Los trabajos no tienen la misma energía si están demasiado al ras de la tierra.

Voy hasta el improvisado comedor bajo un toldo extenso. Llevo tres potes pequeños de protector solar y algunos parches de Factor Q y los ofrezco como hostias a los comensales matutinos. No todos aceptan el ofrecimiento, no terminan de convencerlos las escoriaciones y oscuros cráteres que el cáncer les forma en las mejillas y el pecho. Los más dispuestos a probar la medicina son los que ya han perdido la punta nasal debido a la necrosis. La respiración es una tarea dolorosa, a pesar del paisaje verde y vasto, de las nubes formando cosas bonitas y las flores diminutas del Chapare.

¿Qué hará Ramón?

Por la tarde una negrura sin víspera se encarama sobre el campamento. Llueve un poco, pero esto no constituye ninguna garantía. El sol luego se multiplica con la humedad. Así es más improbable que expongan al Evo. De todos modos, estoy en la cima del ciclo y puedo esperar incluso un par de días más.

Un grupo de niños va tomando forma entre el vapor que levanta la lluvia. Son oscuros, y los cabellos infantiles, endurecidos por el polvo y la deshidratación, les dan un aspecto vagamente punk. Los desdentados tienen, además, un no sé qué dulcemente siniestro. Y hay uno, el más pequeño, que agita un muñón donde antes quizás hubo una mano izquierda. Era Planetaria no ha conseguido regular completamente el trabajo infantil y los accidentes en el procesamiento de la coca o en la industria de baterías a litio son más frecuentes de lo que se reporta.

Venden cáscaras de plátano a diez centavos. Compro tres pero no las mastico, las meto en la mochila, en el termito de plastoform que también protege las vitaminas.

—¿No tendrías un terroncito, señorita? —pregunta el más flaco. Los ojos negros son un alivio.

—No traigo terrones, pero tengo una bolsita de ciruelas —Le alcanzo la bolsa de pasas. Me reprocho por no haber pensado también en los terrones de azúcar. Son caros, pero podría haber invertido algo en ellos y colmarles el deseo. Hay chicos que jamás han probado un cristalito de azúcar. Miran las ondulaciones de la luna e imaginan colinas y colinas de ese diminuto "diamante blanco", como oportunamente se refieren los detractores a ese antiquísimo invento chino.

—¿Sabes a qué hora viene el jefe? —pregunto directamente, sin cautela, a riesgo de que el muchachito se espante y huya, obedeciendo órdenes de discreción.

Sin embargo, por toda respuesta, el chico me entrega un panfleto con la cara del héroe. En el panfleto, en letras rojas, se lee: "Y del ocaso renacerá". Otra señal. Un gesto de bondad.

Cuento los minutos para el tal ocaso. Y sé que es hoy. Hoy. Si no pasó en la madrugada, estoy segura de que lo hará con la última luz del atardecer. A las cholas zen no les creo nada. Querían despistarme.

Levanto la vista para agradecer y solo hay restos de lluvia. Los chicos han desaparecido. Ni rastro de sus voces o risas. Lluvia y parcelas infinitas de cultivo. Pero no soy yo, no deliro: tengo un panfleto entre las manos, ¿una prueba de amor? Lo acerco a mi pecho. Luego estiro el brazo para observarlo con prudente distancia; sin embargo, mis pestañas mojadas no ayudan y me acerco hasta casi besar el papel donde la tinta comienza a desbordarse de sus contornos. Lo miraré, decido, hasta que el agua se lleve todo, la imagen, la sombra, los pómulos. Él, en cambio, no mira de frente a quien lo espera detrás de esa página. Quinientos años y no se acostumbra al ojo de la cámara. Ramón nunca ha podido creer que me guste su perfil; me recuerda una y otra vez la mítica cirugía. "Su desliz occidental", decían los detractores. Lo único que me perturba es precisamente eso, que la mirada oscura está siempre auscultando otra cosa, no es una mirada "de horizonte", sino más bien el registro de un paisaje constantemente interrumpido por montañas, asfixiante y concreto bajo el sol asesino. Es también la mirada de un ser sin pensamientos. ¿Quiero eso para mi hijo? ¿Podré llamarlo "mi hijo"?

"Deberíamos irnos", decía Ramón, cuando creía que la palabra "nosotros" significaba algo para mí también. Claro que no teníamos la menor idea de hasta dónde llegaba el imperio. Mi hermano menor, Séptimo, lo había intentado dos veces, pobrecito, primero por la vía del Pacífico, comiendo algas podridas hasta infestar su alma, luego por los bosques tupidos de la Amazonia, donde estuvo escondido tres años, dando de beber y comer de su propia carne a los mosquitos patógenos. Yo no podía imaginarlo en otro lugar. Nunca he podido visualizar otros lugares, ni siquiera con una dosis extra de Bluetrain. Séptimo volvió, vencido y convencido de que el imperio tenía bordes amebianos, pues cuando creías que habías cruzado sus límites, siempre aparecía alguien (originario o no, era lo de menos) que no estaba dispuesto a dejarte ir. "Redes de pesca" les llamaban a estos guardianes de los bordes, que, en efecto, usaban anzuelos de todo tipo. Séptimo había sido estafado con la idea de fundar la resistencia desde adentro; era imprescindible un nuevo antagonismo le mintieron, y Séptimo pergeñó teorías que habilitaran esa acción. La decisión final de papá terminó de diluir semejante locura. No solo no era ni remotamente posible, sino simplemente inútil. Las tierras, los ríos y las montañas, las ruinas de lo que antes habían sido ciudades, constituían un solo signo y parecían volcarse sobre sí mismas, muertas hasta la estupidez, si se profería otro discurso, otra canción. Papá había sido capaz de presentir esa hipnosis y prefirió ponerse él solito la soga en el pescuezo. Para entonces yo ya tenía catorce, hacía dos años que menstruaba con regularidad y tres que leía la Doctrina bajo los últimos árboles del trópico, y había decidido mi propia épica. Irónicamente, como papá o el propio Séptimo, creía que no era usando metáforas como alcanzaría la trascendencia —"el cambio", decía papá; "la inmanencia", corregía el loco de Séptimo—, sino volviéndome yo misma esa metáfora.

Yo.

Luego Ramón dejó entrar el miedo y ese débil "nosotros" que él sostenía en soledad perdió toda posible significación. Culpó a los químicos de la empaquetadora de llamas. Lo deprimían. Le hicieron polvo la libido. Y los planes de cruzar los límites amebianos del imperio cayeron en el fondo de la mente, ese lugar que de pronto ya no era ni tan íntimo ni tan seguro. Mi energía sexual superpotenciada por el trabajo espiritual terminó de distanciarnos. Nunca antes había tenido un plan. Tener un plan es lo mejor del mundo. La realidad cobra un sentido brillante. Yo tenía un plan y Ramón no. Ahora sabe que debe retirarse y dejar que yo cumpla lo mío.

(Si quisiera, Ramón podría ser un buen testigo, un transmisor, pero el miedo le achica las bolas).

Cuando la lluvia amaina y regresa el resplandor, me protejo con la gorra tipo árabe y voy hasta las casetas de fichaje. Alrededor todo es desierto tropical cubierto por un pasto bebé que semeja una pelusa amarilla. La gente exigió hacer descansar los terrenos después de ciclos imparables de cultivo y cosecha destinados a pagar tributos. Tuvo que intervenir Era Planetaria para frenar la sobreexplotación de la zona.

—¿A qué hora es el registro?

La mujer gruñe algo, pero no la entiendo debido al barbijo que le cubre la nariz necrósica.

—¿Puede mostrarme los requisitos?

La mujer señala una pizarra en la que apenas se distingue un borroneado diagrama. Nadie se ha molestado en repintar las zonas diluidas de la tiza. Cumplo con casi todo lo requerido: mi edad, la regularidad de mis menstruaciones, la voluntad de la renuncia. Esto último debe ser lo más doloroso, pero vengo preparándome desde hace tiempo.

Firmo en un fichero. Hay solo dos firmas más y una huella digital. En el casillero que pide la raza garabateo algo ilegible.

Me acuesto temprano. Todavía no hay estrellas, pero me he resignado a esperar un poco más. Bendigo la consistencia de mi flujo vaginal. Estoy lista y será mañana. No hay luz en la carpa de las cholas zen. Mezclo lejía con coca y la acomodo bien en la secreta concavidad que me ha dejado una ortodoncia agresiva. "*Si te viera tu padre*", recuerdo que dijo Ramón, pero papá está muerto por propia decisión, ya no hallaba en qué creer. Yo no quiero eso. A veces pienso en mis hermanos muertos y me acuchilla la idea de que esto sea una traición. ¿Quién recordará a mis hermanos? ¿Quién recordará a Séptimo? Los desayunos y los chistes privados no cuentan en la Gran Historia. Mi nombre tiene solo tres letras, pero algo tiene que significar. El mío y el del hijo que habré de parir.

La chola me dio la fecha en un papelito. Temí que me citara en un milenio, con esa manera de comprender el tiempo desde una eternidad cósmica, sin objetivos. "Mañana", dije sonriendo. Ella no respondió. Quizás la palabra "mañana" se haya gastado como el manto de la atmósfera y su sonido poroso deje atravesar la fatalidad, el vacío.

—...Y te comprometes a no moverte del campamento —entendí que afirmaba, mas yo no escuchaba; los detalles técnicos son lo de menos en este momento. Pienso en la criatura y eso es todo.

Yo no le pondré el nombre. Pero estará mi sangre ahí, en el árbol invisible de sus venas.

El día transcurre con un sol idéntico, erosionando las células de los indios. Los resentidos como Ramón le llaman a este ataque incomprensible de la naturaleza: "el pago de raza". Ningún estudio ha dado con la clave y aunque unos cuantos híbridos también han sido afectados, el cáncer es mucho menos agresivo en esa minoría.

Como frugalmente, hago breves caminatas cuando el cielo se nubla. Quiero estar en perfectas condiciones. También me esfuerzo por mantener los contornos de la mente, que no se diluya mi fuerza en las tentaciones del cosmos. Recogí algunas flores, por ejemplo, pero antes de enamorarme de su inconsciente pequeñez, las comí con el apetito de una cerda; los pétalos lamiendo mi paladar resultaron en un tenue sabor amargo, no tan sensual como el de la coca, pero igualmente reconfortante. También soñé con papá, pero preferí no pensar mucho más. Papá caminaba en silencio por un cementerio de fetos de llama, cargaba un palo de madera como si lo izara; la punta había sido coronada con un objeto, quizás un animal, sus fauces, mas aun en el sueño preferí no mirar, no reconocer. Lo dejé ir.

A las tres de la tarde voy hasta la quebrada y tomo un baño rápido. No tardan los guardianes en bajar a cambiar los filtros de los paneles solares. Debo aprovechar el agua limpia. Pronto vaciarán aquí los residuos de silicio. Nada debe mancillarme.

Todavía húmeda, me aplico protector y parches de Factor Q y saco el librito de la Doctrina. Esta foto sí me gusta. No sé si está alterada, pero en todo caso la mirada fija, casi sin brillo, me estremece. Me mira a mí. Siempre intento adivinar las cosas que vio y vivió en su infancia ya lejana, con el frío glaciar tatuándole arrugas en los talones. Lo que he escuchado de él es hermoso y a la vez aterrador, sobre todo cuando lo contaba mi abuela que le contó su abuelo que había conocido a alguien de los antiguos Andes, antes de los terremotos y la Justa Reconfiguración. Hubo momentos en que dudé sobre la verdad y la belleza, como si fuese imposible que ambas sustancias pudieran mezclarse. La voz de mi abuela pudo haber cambiado las cosas. Fue en la época en que papá comenzó a deprimirse. Abuela pudo haber inventando todo, una nueva utopía, para hacerle creer en el *"podernimiento"* de las cosas, en el *cambio*. De todos modos, nadie podía ya salvar a papá. Un médico nostálgico intentó con viejos métodos, el litio y esas cosas, pero fue inútil. Quizás me matriculé en la carrera buscando una respuesta. Y una solución.

Sacudo estos pensamientos justo en el momento en que tres guardianes atraviesan a trancazos la orilla. Llevan un bulto en una sucia Whipala. No sé si es sangre o agua lo que oscurece el fondo de ese extraño cargamento. Ramón me ha contado que muchas ofrendas resultan fallidas. Yo no seré una ofrenda fallida.

—¡¿Qué haces aquí?! —grita un guardián. Su edad es incalculable. Algunos acompañan al Evo desde los comienzos, otros son nuevos pero se deterioran rápido por el sol. Los ejércitos de suplencia bajan desde los antiguos Andes cada seis meses, pero al cabo de otros seis muchas tropas son solo restos, colgajos de un poder autodestructivo. Se esconden en la zona baja de los Yungas para no regresar avergonzados a sus ayllus.

—Tomo un baño... Me preparo... —respondo, asombrada de que me tiemble la voz. Siempre he creído que tengo una gran fuerza de voluntad, ¿acaso no he renunciado a los míos? Son pocos los amigos que me quedan, muchos menos los que me saludan, e incluso las mujeres que compartían este mismo anhelo han llegado a decir que he sido "reclutada", minimizando la trascendencia de mi íntima y libre decisión. La voz llena de odio del guardián ha conseguido desestabilizarme. Como en otros casos, tampoco puedo distinguir sus pupilas porque los ojos achinados cierran toda posibilidad de luz.

—Esto es tierra imperial —vocifera el guardián, soltando el bulto que rebota, blando, contra las piedras. Se acerca y está a punto de quitarme la toalla cuando me levanto de golpe y salto hacia atrás instintivamente. No es para él que me he preparado, no para un vasallo.

—¡Te marchas ahora mismo!

—Me he registrado para la ofrenda —le explico, titubeante.

—Peor todavía —ladra el guardián. Huele a coca, pero no a coca fresca y nutritiva, sino a la que se acumula durante años, agusanada, y que en las épocas de crisis circula cubierta de la peor lejía por los mercados negros. Esa es la coca que mata, la que reparte bacterias y genera alucinaciones colectivas, visiones horribles, sueños manchados.

Echo a andar rápido, lastimándome los pies con el pasto seco. Lo último que veo antes de que los guardianes se pierdan tras una colina es un tenis deportivo ensangrentado asomando por entre la Whipala.

Aunque me preocupa ese destello de fatalidad, decido concentrarme.

Al atardecer me acerco al fichero. Me atiende otra mujer, no lleva barbijo y su piel está sana; sin embargo, se ve triste, como si no fuera parte de esto que es para todos.

—Ya estoy lista.

—¿Estás en la mitad del ciclo? —pregunta mecánicamente la mujer, también de edad incalculable, como la mayor parte de la gente en este lugar. La diferencia el tono evidentemente más dulce de los ojos. Y el hecho, claro, de que puedo distinguirlos, que no están encuevados, escondidos en la vieja oscuridad.

—Sí, justo en la mitad.

—Entonces ven.

La sigo, atravesamos toldos y carpas. Llegamos hasta una cabaña con un enorme panel solar que la hace ver ridículamente pequeña. Entramos y reconozco a las tres cholas zen.

—Ellas van a ayudarte.

La mujer se retira y de pronto me siento sola, desprotegida. No quiero que se marche.

—¿Vienes con algún familiar? —indaga por rutina la de las comisuras rajadas.

—No, estoy sola.

—¿Tu familia está de acuerdo?

—Mi familia no importa.

—¿Y tu amigo?

—¿Ramón?

— El joven caballero ese, el huraño. En algún lugar le he visto...

—Se fue. No le gusta lo que hago.

—No le gusta, ¿eh?

—Piensa que esto es una secta...

—Eres híbrida, ¿no?, blanquita eres. ¿Qué tan lejos es tu casa? ¿Has caminado mucho? ¿De veras quieres ser ofrenda?

—Sí, a eso vengo. Sé lo que hago. También tengo derecho, ¿no?

—Mucha seguridad tienes, señorita. Y sí, pues, eso sí también. Derecho siempre tienes.

La más joven trae un bañador con agua dorada. Debe ser manzanilla. Me ordenan quitarme la ropa interior y sentarme hasta que el agua se enfríe.

Mientras el contacto con el agua tibia me relaja, hojeo el librito de la Doctrina. Veo al Evo, antes de ser amauta y de ser jefe y de convertirse en este héroe cuya sangre deseo poseer, lo veo en una foto golpeado, dos flores violetas en vez de ojos, dos pulpos hinchados en vez de manos. "La primera muerte" dice el pie de foto. ¿Fue ese el momento de la revelación, cuando quisieron sacarle los ojos por saber las vocales?

Me imagino acostada a su lado, ¿cómo habrá de ser el ritual? Estoy segura de que tendré éxito. Soy joven y fértil, soy una verdadera creyente. Dicen que ninguna ofrenda se ha quedado más de dos noches. Mi mano reposando sobre su vientre moreno, el pene cumplidor durmiendo una merecida siesta, le preguntaré: ¿Pensás mucho en Eterazama? *Eterazama es un sueño*, habrá de contestarme, y justo en ese momento surcará el cielo nocturno un helicóptero de control y él se estremecerá, como en ese pasado injusto de hace quinientos años, cuando corría bajo las balas de la DEA, oscuro y diminuto como una vinchuca letal. Yo lo abrazaré, lo acunaré, oleré la grasa invasiva de su pelo grueso.

Ramón nunca entendió que yo busco eso, esa capacidad de transformación. La gente que puede revolucionar con su propia existencia la rueda de la civilización, la que ha sido elegida por el dedo egoísta de Dios. Evo no cree en Dios. Soy yo quien intervengo en sus planes, pues también tengo derecho.

Me recogen en silencio. No me alcanzan un trapo para cubrirme. Dicen que espere mi turno. Vuelve la chola del fichaje, esta vez la acompaña un indiecito, no debe alcanzar los diez años. O quizás tenga más, algunos niños también han aprendido a moverse con distinta temporalidad. Es una forma de garantizar que la flecha autista de la historia esta vez no destruya la verdad espiralada y perfecta de la Nueva Nación.

—Este es mi hijo —dice sin más la chola de ojos color miel.

El niño lleva un poncho de alpaca, ignorando el calor infame del trópico. Mira al suelo. Su madre le levanta el poncho con brusquedad, lleva prisa; entonces distingo la anomalía. El niño tiene cuatro brazos. Los excedentes, en realidad, no llegan a ser brazos, son apenas muñones con manos, como si la criatura estuviera tomando lentamente la forma de un cangrejo esotérico o encarnando el símbolo de una nueva astrología.

—¿Su hijo...? ¿Cómo...?

—Todas las ofrendas fallan. Peor si son endógenas. Estos son los frutos. Mi fruto, mamay. Mira bien, señorita, mira a mi guagua. ¿Eso buscas? Deformidad he parido yo.

El chico agita sus muñones, la madre lo empuja suavemente y el chico me abraza apoyando su oído en mi vientre vacío. Extrañamente, las manitas monstruosas no me producen asco, podría besar los dedos incompletos, recortarle las uñas y guardarlas para proteger la ternura en el tiempo que viene, el futuro...

—Los frutos... Pero yo... Soy...

—No importa de dónde seas. Te va a pasar lo que a mí. A él lo ha negado. Le asquea. Él sufre, ¿a quién le importa? Hay dolor en todas partes, dolor en el Chapare, dolor en la nieve y en los ríos. Y los demás...

—Los demás?

—Como mi hijo, hay otros... muchos... ¿No lo sabías, imilla blanquita?

El niño me suelta y se aferra a su madre con los cuatro brazos. ¿Será siempre así? Parece succionar la energía de todo lo que toca. La mujer le baja el poncho y me libera de la visión.

No pregunto más pues las cholas zen han regresado y dicen que es mi turno. La guagua-cangrejo no me preocupa. Eso también está en la Doctrina: "Aparecerán muchos obstáculos, ilusiones negras, dirán que mentimos, que llevamos el Mal. Nosotros somos hijos de la Naturaleza, de la Pachamama".

Caminamos en silencio. Las cholas zen detrás de mí, cuidando la rectitud de mis pasos. Extraño a Ramón; de algún modo él también debió estar aquí, en este paso importante, en esta realización. No siempre es necesario comprender para acompañar. Cualquiera se puede sumar al Misterio.

Me acuesto en la cama más bien angosta del único cuarto de material que hay en el campamento, pero no cierro los ojos. Quiero estar lúcida, atenta. Cuando por fin se abra la puerta y se produzca el encuentro, quiero que los vellos de mis fosas nasales, los poros de mis hombros, la piel finísima de los pezones, las papilas táctiles y las linguales, todo sea un solo animal alerta.

Lamentablemente me han ordenado mantener las cortinas cerradas, de modo que cuando la presencia toma el cuarto no puedo calcular su distancia, el volumen que ocupa, la determinación de sus actos.

—¿Mi amor?

Mi voz es una flor tímida. Siento los pasos aproximándose.

La cercanía, sin embargo, me trae un olor distinto. Algo que no termina de ser desagradable y que, a mi pesar, trae imágenes de momentos de miedo: una chica, yo, mirando balancearse a su padre a merced del péndulo ridículo de su propio cinturón, el olor a excrementos, la lengua ennegrecida; una joven caminando sola por un largo callejón invernal, nada ocurre, nada más que una rata inmensa que se detiene un momento antes de escabullirse entre un turril de basura. Efectos inesperados de la emoción. Acaso *flashbacks* residuales del Bluetrain, pese a que he purgado mi alma y mi cuerpo con disciplina.

—Qué es ese olor?

La presencia no responde.

Pero el olor se intensifica.

La presencia se inclina sobre mí y de inmediato un calor eléctrico y veloz me sacude la pelvis, tiemblan mis rodillas, solo han sido tres segundos y eso ha bastado para que el horrible olor coagule en una masa casi material, pútrida, asfixiándome; entonces no resisto el acto instintivo de cubrirme la nariz y arquearme a punto de vomitar. "Deformidad he parido yo. ¿No lo sabías imilla blanquita?". Lo empujo, mas tengo la impresión de que los puños se hunden en una blandura escalofriante.

Cierro los ojos.

—¿Esto es todo? —pregunto, reclamo, no sé a quién, demasiado acostumbrada a los fantasmas de estos quinientos años de poder.

Me toco el pubis, los labios vaginales, para constatar el pacto de mi concepción. Estoy seca. Acaso el escepticismo de mi amigo siempre estuvo en la verdad, no solo se trata de inseminación artificial, sino de una concepción telepática susceptible de fallas, fallas terribles en la imaginación, en la fe. La guagua-cangrejo es eso, el miedo, la esclavitud, la deserción.

Y la cobardía.

La falta de amor también.

Papá decía que el amor cambiaría el mundo. Y es así. He tomado una bifurcación, papá, quisiera decirle, pero se trata, aunque no lo creas, del mismo camino. Tu camino. El camino de Séptimo. *"Ilusiones negras intentarán distraernos. ¿No somos acaso hijos de la Pachamama? Somos sus guaguas pues"*.

—Ofrenda eres —dice de pronto la voz ronca de una mujer. Es la chola mayor. Se ha desatado las trenzas y el cabello de sal le cae en quebraditas a los lados del rostro.

—¿Y Él?

—Oh, Él —sonríe la chola como pensando "pobre estúpida imilla blanca, ¿acasito pretendías que Él se entregara? Él no es para los restos desesperados de tu raza". Pero ya he dicho que la comunicación astral es algo que solo podré alcanzar en otros quinientos años.

La chola amarra mis piernas con las pitas de sus trenzas a las columnas del catre de fierro, mira un momento mis verijas, "qué blanquita eres", sonríe desdentada entre la fascinación y el desprecio.

Deja mis manos libres.

—Cuando venga —susurra la chola pasándome un secreto de mujer a mujer, un secreto antiguo como una moneda de oro con la cara de Zamudio–, abrázalo fuerte. Abrázalo fuerte para que te acuerdes siempre.

Luego mete bicarbonato en mi boca, forrándome el paladar, y de su boca me pasa directo el bolo ensalivado de la hoja de ensueños. ¿Dónde está el asco? "Si el hombre perdió el asco, lo perdió todo", dijo papá el último atardecer.

Yo lo desdigo.

Ni asco, ni náusea. Hacer lo que hay que hacer. Sin preguntas.

Coloca su pene en mi verija derecha, lo fricciona un poco. Luego en la izquierda, ahí cabe mejor. La desigualdad del cuerpo se revela en la desnudez compartida. Hubiera querido ahora ser más morena, pero este contraste es necesario, y hermoso, ¿o no se escriben sobre papel las palabras trémulas?

El pene, en cambio, es oscuro, como todo él, corto y regordete, ordinario. Casi llega a parecerme desmesurada la tarea que le han encargado: la clamorosa continuidad del imperio.

Me estremece el modo en que lo conozco. Lo he visto en hologramas, pero me sé de memoria las asperezas de su cuerpo, el grosor de los vellos.

Cuando entra, no hay suspiros. Imagino vastos campos de un verde absoluto, y mi hijo, al que no habré de nombrar, corriendo, el viento a su favor. Lo abrazo, como indicó la chola, y de nuevo el olor intenso e indescriptible avanza por las fosas nasales y amenaza con boicotear mi voluntad. Por eso, contra el asco, lo abrazo más fuerte. El Evo sonríe, entonces descubro que a diferencia de los otros, el cáncer le ha comenzado en la mucosa del labio superior. Me imagino que se le habrá necrosado el paladar y quizás la base de la lengua. Intenta besarme. Rehúyo. Me arrepiento de inmediato y le ofrezco mi boca. Eso soy, una ofrenda total, un texto para escribirse. Una promesa de sanación.

"Hay dolor en todas partes".

"Le asquea".

"Dolor en el Chapare, mamay".

El Evo me besa suave y todo es contradictorio. El olor putrefacto y la ternura. No quiero que el ritual acabe, aun cuando las entrañas comienzan a arderme mientras el Evo agita su pelvis incaica, ciega la mirada, y no hay placer. Solo la avanzada milimétrica y constante. El infatigable trépano, la misión. Pero nada se funda sin dolor, me digo, y veo a papá y reconozco la cabeza de Ramón en la estaca que transporta cual bandera de derrota. Porque también la derrota cuenta. Y no pienso nada más porque el dolor es infinito, cuatro tenazas estrangulando mis ovarios, aferrándose con hambre de siglos a mi carne todavía adolescente.

"Dolor en la nieve".

"¿Acasito no sabías, imilla blanquita?".

Lo que no me habían dicho (la Histórica Sorpresa diría, Séptimo) es que antes de acabar Él debe arrancarme los pezones para clausurar la leche futura. Tiene aún el izquierdo en la boca necrósica de caninos invenciblemente blancos cuando me debato entre defender el que queda o poner el resto, todo, en mi absoluto y joven sacrificio.

Regreso

Una alegría picante me estruja el estómago. No es para menos, regreso a Bolivia después de años incontables. Y cuando todo pinta absolutamente desconocido al punto de sentirme cómoda, aparece War-Rayo y me cita en un café-cabina. A la caída del sol, frente a la Oficina de Bonos, como en los viejos tiempos. Lo de "la caída del sol" es, por supuesto, un eufemismo barato y cruel, una manera de seguir midiendo el tiempo eterno con algo que le reste delirio.

Lo veo llegar y sudo como una puberta sin control. No me conviene sudar, no solo por esto del olor dulzón, sino sobre todo por la humedad que se presta a un rápido avance de la materia afectada. Ojalá War-Rayo llevara barbijo, e incluso un tubo personal con dosis controladas de silicio azul, como lo hacen muchos en el área. Me acomodo mejor el guante de motociclista que me he agenciado en los Cachivachis (¡siguen ahí, por Dios, en la misma calle!), que solo se me vean las uñas bien limadas, transparentes. Que me vea linda, sana, orbitando en mi *tao*, contenta de haber vuelto.

Montado en un par de botas tipo militar War-Rayo cruza la calle a grandes zancadas, se acerca, me obliga a incorporarme, me aprieta los hombros con sus garras de guardián y, contra toda inercia, lleva mi cuerpo hacia el suyo en lo que, más que un abrazo, es un acto instintivo de posesión. Puedo sentir la grasa testosterónica envolviendo su carne y sus huesos. Me rasco la nariz. Malditos nervios.

En su otra vida War-Rayo se llamaba Octavio. Pero comenzó a prestarle atención a la energía cuántica y alguien le dijo que cargar encima de la personalidad temporal un retorcido ocho te condenaba a reciclajes infinitos. Un Auténtico le dijo que, en cambio, ese nuevo nombre tan eléctrico y binario lo vinculaba a sus orígenes, que lo integrara molecularmente a su imaginación, que se convirtiera en él. A mí, su nombre adquirido me llena de ternura, me provoca cierta gracia, pero no sabría decir por qué. Algunos sonidos o palabras me producen eso, el titilar de la nostalgia por cosas gastadas, el peso leve de poemas impalpables, apenas la cáscara de algo más, una ausencia antiquísima que no consigo identificar. Como ahora, que de una fibra parlante brota esa canción legendaria "I Love You Baby" y me calienta la corteza cerebral.

War-Rayo me separa un poco de su cuerpo denso para observarme mejor.

Estás idéntica, dice.

Sonrío. Me siento culpable por no desmentirlo.

Vos estás idéntico, digo en cambio.

Bebe el último trago de mi taza sin temor a ningún contagio (debe estar masivamente inmunizado); mira las paredes de la cabina con actitud de estrechez. Hay gente que sigue extrañando un útero, critica el servicio intentando ser creativo.

Caminamos sin apuro. Salimos de los barrios hacia las circunvalaciones. Los nuevos bosques son masas pálidas, sin una sola mancha verde que manifieste clorofila. De lejos hay cierta belleza en esa flora ocre, pero a medida que nos acercamos debo aceptar su atrocidad: montes que no terminan de morir bajo la luz lacerante de ese orto maldito de calor venenoso. ¿Será que el niño ha desarrollado otro tipo de defensas?

A War-Rayo le va bien, trabaja para el Programa Mar Total, Rehabilitación del Litoral, una organización con rima y marea relativamente nueva. War-Rayo decide qué familias son aptas para instalarse en las costas; no puede permitir que se infiltre ningún secesionista y menos uno de los pocos extranjerizantes que todavía quedan. Hay quienes darían su mano izquierda por ser desplazados a esas áreas, dice. Imaginan el viento fresco y la orilla blanda; no saben que también esas aguas están enfermas pero son recuperables. Acá lo que importa es que el imperio crece, se expande como una ameba. Toda esa agua ya es nuestra, habla como recitando llamaradas de un patriotismo amoroso, incandescente, verdadero.

Bueno, suya, esa agua es suya, pienso con equilibrio. A mí hace rato que me dieron muerte civil. Soy, por donde se mire, una post-ciudadana.

"Los quinientos años han valido la pena" se lee en todas partes, en las paredes, en las wiphalas bajo el cóndor altivo de cuello nevado, en los trenes y hasta en alguna nuca adolescente. Lo curioso es que no se hacen tatuajes; se marcan a la antigua usanza, con hierro y sangre de drago o alguna otra resina. El resultado es una imagen burda, breves hendiduras en la piel, en las que esa consigna cicatriza con dolor.

Volviste.

Le digo lo que tantas veces he ensayado: volví para ver a mi hermano. Sé que a él no le otorgaron la custodia del niño, mi hijo, pero que se mantiene en contacto. Estoy aquí con un permiso extraordinario.

Sueno natural. Aun así leo el brillo de la sospecha en sus ojos oscuros, de pupilas excepcionalmente dilatadas por los largos ciclos que pasa en las estaciones subterráneas.

El niño, mi hijo, le pertenece al imperio, tartamudeo, pero quiero verlo. Es un deseo de lo más normal, ¿no creés?

Al niño nunca lo intervinieron, explica War-Rayo después de un silencio que me parece un océano. Las Mamitas vieron por conveniente dejarlo así, con los cuatro brazos. El fracaso de las anteriores guaguas podría deberse a que intentaron corregir lo que los consejeros occidentales consideraron un error genético, pero que en realidad era solo un factor superficial. Él está bien; lo educan. No podrás ver al niño.

Finjo llorar. No me interesa conmoverlo, sino bajar su estado de alerta.

War-Rayo me acaricia el pelo. Quizás de fondo todavía quede el amor. ¿Pero qué amor aguanta quinientos años y tanto fanatismo?, ¿qué amor?

War-Rayo dice que a mi hermano podré verlo, que está tranquilo, balanceado, lo ayudaron asignándole un cargo en las zonas subterráneas de cultivo, donde están intentando curar la coca después de aquella plaga enviada por los chinos. ¿Yo no escuché nada, acaso, viviendo tanto tiempo en la China?

No, nada supe, tartamudeo.

¿En serio?

Vivo en una villa subacuática, uno de esos edificios sellados como naves o estaciones gigantescas que tanto te alucinaban, pretendo distraerlo.

Miro de reojo mi mano enguantada, acomodo el borde de la tela que se ajusta en el dedo pulgar, donde la carne es más vulnerable. Tengo una semana para ejecutar la misión antes de que la materia suba hasta el hombro y comience a tomar el cuello y pudra los tejidos y el olor avance libre y me delate. Una semana.

En serio, insisto, sosteniendo el peso de su mirada, bloqueando mis propios recuerdos y rencores por si War-Rayo ha aprendido las facultades hipnóticas de las Mamitas. Yo cerré esa puerta, la de la percepción, aunque a veces, como hoy, todavía puedo entrever los tonos del aura, el resplandor sagrado del ajayu. Un halo violeta enmarca la silueta de War-Rayo, pero no podría asegurar que se trate de una vibración incorrupta; he sabido que a los guerreros de mayor rango los entrenan en laboratorios combinados de fotosíntesis y estadios moleculares, precisamente para encriptarlos. La legibilidad es un peligro total en estos tiempos. Yo también me he dado mis propios modos para encriptarme. Ni el amor más puro podría, a estas alturas, decodificar lo que se enrosca como una víbora.

Da lo mismo, si buscara algo en mi cerebro se encontraría con la imagen desvalida de una muchacha embarazada cosiéndose el desgajado pezón izquierdo. Una imagen que él conoce muy bien, que lo involucra, que preserva el último hilo magnético entre nuestras antiguas personalidades.

Pero no lo busca. Se relaja y recoge un puñado de alguna florcita mutante, que como un milagro, expresa algo de color. Es una florcita lila, sin pistilos, una criatura desesperada.

Bienvenida, sonríe.

Yo también sonrío con cuidado. Los músculos no muy amaestrados de mi cara tienden a contraerse en los pómulos cuando experimento un desfase entre el estímulo y el objetivo. Mi objetivo está claro. Discretamente hago añicos la florcita para que su contacto no despierte el pus todavía dormido en mi mano.

A medida que nos acercamos a las cavernas de curación, los bosques pérfidos se hacen más escasos. Llegamos a un borde de tierra dura, donde comienza el descenso. Antes hubo una fuente termal allí, hubo risas y la locura de mi hermano, su locura todavía divertida, cuando decía que con cada acto se registraba en la historia su gran hagiografía, y el acto que más le gustaba era hundir por unos segundos mi cabeza en el agua intensamente tibia y decir mi nombre tres veces. Yo escuchaba mi nombre triplicado por la dimensión del agua, el borboteo de su risa y mis tímpanos a punto de estallar.

Ahora solo hay tres perros que ladran desde el fondo con las fosas de los hocicos desmesuradamente abiertas.

Están ciegos, dice War-Rayo, pero así son más útiles, más sensibles. Buenos espías, dice con un tono más alto de voz, dirigiéndose a los animales.

Los perros ladran con ahínco renovado. La mirada ciega, o mejor dicho, el hocico alerta apuntando hacia algo en el cielo.

Yo también miro hacia eso que los perros delatan: como una tormenta ondulada de arena negra, una bandada de suchas, terrible en su abundancia, adviene incontenible sobre nosotros. Es decir, sobre mí, sobre mi mano, hambrientos, buscando tal vez lo último verdadero.

Apurémonos, le pido a War-Rayo. Aunque no sé si nuestra velocidad, aún humana, será suficiente para llegar y que todo se cumpla.

Damos un brinco hacia la hondonada; los perros se acercan a olisquearme. De la entrepierna a la mano, de la mano a la entrepierna. Pero no hay tiempo para caricias. War-Rayo los aparta haciendo volear la hebilla de su cinturón y, aunque se alejan un poco, luego nos siguen con humildad en lo que queda de la pendiente. Somos una patrulla llena de recíproca desconfianza.

Yo no me atrevo a alzar de nuevo la vista; me basta con distinguir, cada vez más claras en la tierra cuarteada, las sombras de las jorobas miserables de esos carroñeros. ¿Quieren mi carne, asquerosos mendigos?

Seré toda suya, susurro llena de venganza, ajustándome mejor el guante, pero después. Mañana.

El Hombre de la Pierna

Yo había cerrado los ojos mientras viajábamos hacia el Bronx. Me gusta mirar a la gente, esos rostros únicos que es casi seguro uno no volverá a ver jamás, me gusta adivinar sus preocupaciones, el deseo que no se extingue pese a la repetición de los viajes, de los incansables vagones y los periódicos huérfanos. Pero esta vez, en lugar de mirar, quería sentir la vibración del traqueteo, la electricidad subsidiaria del movimiento metálico envolviéndome como una madre. Eso quería, una electricidad madre en esa cavidad multípara que avanzaba con todas sus criaturas para lanzarlas a la vida. Comprendí mejor por qué los terroristas eligen los trenes, no se trata solo de una acumulación de gente, sino de la entrañable y fortuita filigrana de obsesiones pequeñas, deudas pequeñas, oficios concretos, pesadillas llenas de pudor e ingenuidad, egoísmos insignificantes, hastíos invisibles, en fin, todos los fuegos el fuego, como quien dice. Es eso lo que estalla con una bomba.

Por eso no lo vi. Porque estaba con los ojos cerrados. Y además metida en un sueño que se deshilvanaba en imágenes y voces de mis otros mundos, de mis otros tiempos. Mi hermano menor, por ejemplo, volvía a tener esa edad sana de los cuatro o cinco años y era la fiesta de San Juan y alguien había montado esta fogata en la mitad del patio y nosotros jugábamos a quién aguantaba por más tiempo con el dedo en las llamas. Teníamos una teoría sobre el infierno. Y allí también, en ese infierno de nuestras fantasías, hervían voces que hablaban otros idiomas. Los deditos comenzaban a chamuscarse, se asaban desnudos como malvaviscos, olían a quemado, sí señor, pero nosotros estábamos tan contentos que ya solo esperábamos llegar al hueso.

"Ya llegamos", dijo mi marido. Su voz llena de realidad me devolvió al vagón que se abría eficiente para el consabido intercambio de criaturas. La máquina parturienta nos expulsó y se tragó otro cardumen de seres apurados que no tienen tiempo de pensar en el terrorismo y solo quieren echarse un sueñito en lo que dura el trayecto.

Cuando emergimos a la superficie, donde un barrio parecido con ironía a la ciudad de El Alto, en Bolivia, se extendía gris y ancho como un exoplaneta castigado, mi marido me preguntó si había visto al hombre. ¿Qué hombre? El hombre, dijo, ese que subió una parada después de nosotros -no puedo creer que te dormiste de inmediato-, un hombre que paseó su pierna hedionda como quien pasea un cordero. ¿Un cordero? Un cordero putrefacto. Explicó que se le había gangrenado la pierna y que no tenía una sola peseta (mi marido les llama "pesetas" a las monedas gringas de 25 centavos) para hacérsela amputar. ¿Y le diste? ¿La gente le dio dinero?

La gente no tiene tiempo para estas cosas, dijo, sin poder reprimir el reproche que desde hacía días fermentaba en su estado de ánimo.

Estas cosas..., subrayé. Quería obligarlo a decirme que no veía ninguna esperanza en nuestra escapada. ¿Qué hacíamos en Nueva York? ¿Por qué no habíamos viajado a alguna isla tropical? Mi idea de conocer a los amigos con que mi marido había atravesado sus "años oscuros", como él le llamaba a ese tiempo que a mí me parecía luminoso, desaforado y verdadero, entrañaba un peligro que yo no conseguía definir. Quizás tenía miedo de que esa vieja adolescencia lo abdujera y me quedara sola en esa ciudad infinita.

Vendrán tiempos mejores, suspiró mi marido, ahora con la mirada dulcificada por la pena. Hacía dos meses había sufrido la tercera pérdida –esta vez no solo la del coágulo, sino la de un feto completito que nos recordaba el conmovedor monstruo que habíamos sido, la bruta mandrágora de nuestro origen– y nuevamente me estaba sometiendo a otra descarga de hormonas. Llevaba mi diminuto botiquín con las jeringas y las botellitas doradas y, al despertar, lo primero que hacía era inyectarme el "elixir de la preñez" en los muslos (aunque no me lo había dicho, es probable que fuera esta imagen, más que otra cosa, lo que excitaba a mi marido y hacía de la misión del hijo algo menos opresivo, protegido por la obstinada ferocidad del deseo). De todos modos, era natural que me durmiera en cualquier parte y que al despertar, con los pezones erectos ante el mínimo roce, sintiera que ya venía siendo hora de que el anhelado feto agarrara algo de voluntad darwiniana e hiciera, por ejemplo, de sus fauces, un piquito; de sus tentáculos, unas piernas regordetas; de los globos inflamados, una mirada capaz de desmantelar nuestras más educadas mentiras. Era natural que una hipersensibilidad tan angustiante terminara contagiando a mi marido. Y es que si lo pensamos bien, estas hormonas que te fertilizan como a una vaca de verde pradera son como las feromonas: se huelen, se aspiran, se metabolizan.

Al doblar una esquina, guiados por el instinto –buscábamos, en realidad, un restaurante dominicano, una sopa espesa que nos redimiera de esa comida coreana incomprensible con la que habíamos estado sobreviviendo por dos días en las inmediaciones de

Manhattan-, mi marido lo reconoció y bajó la voz pese a que era casi seguro que el sujeto no entendía español, no solo porque era un negro del Bronx, sino porque parecía estar demasiado sumido en su propio acto dramático: "el hombre de la pierna...", dijo.

Y sí, El Hombre de la Pierna, apoyado contra el mástil decapitado de lo que había sido una guitarra y que ahora le hacía de bastón, cantaba -porque así lo entendía mi oído, fresco a las epifanías culturales-, cantaba un *blues* ronco, atribuladamente esperanzado. "*When you ain't got no money to cut your leg, your dirty leg, you damn sure you will die soon... So, folks, brothers and sisters, you are seeing now a dead man, isn't it a creepy dream? Have mercy and spare me a coin... Save your soul!*".

Me acerqué a su lata donde brillaban tres '*quarters*' y tomé mi tiempo hurgando en mi mochila, mientras aspiraba, como de un perfume rancio pero incuestionablemente auténtico, el olor agridulzón de la carne enferma, cediendo, seducida, ante la avanzada imparable de la muerte. Ese olor era, dios mío, todo un trance. Eran otras las cosas que me producían asco. Si pongo algo de lucidez en este recuento, creo que era la luz lo que me agitaba las vísceras. Y esa luz anoréxica, esa luz decolorada del Bronx, me apretaba el esófago hasta producirme arcadas.

Encontré una sola moneda y, en lugar de arrojarla al tarro de aluminio, estiré el brazo para que él alzara la mano. Nuestros dedos se rozaron; el hombre, a pesar de todo, de su cuerpo convocado ya por los gusanos, sonrió. Los dientes blancos desestabilizaban toda esa pasión por la muerte. "*God bless you, sista*", susurró el hombre. Sentí una violenta condescendencia en esa gratitud; quizás la solitaria moneda era, antes que un gesto de compasión, la reacción automática de la lástima y El Hombre de la Pierna podía distinguir con su viejo corazón entre una y otra, separando sin titubeos la cizaña del arroz. *"May God pay you back with that thing your heart wishes for so bad"*.

Nos alejamos como perseguidos por su bendición. A mi marido nunca le ha gustado que gente extraña lo bendiga, no quiere cargar con la responsabilidad de ese deseo informe, desconocido, esa arrogancia moral disfrazada de piedad. (Confía en otros costumbrismos, en las jeringas atravesando la piel de mis muslos antes de tener un sexo hondo, ciego, aplicado, comprometido con cada gota de su semen).

Toma, dijo mi marido, sacando de su mochila el *hand sanitizer*.

Le obedecí para no entrar en una discusión inútil, de conceptos impostados, de horribles prejuicios el uno contra el otro. Igual, le miré los nudillos, la piel rota por la excesiva higiene, e intenté pensar como él, desde sus obsesiones: miré alrededor y calculé las amenazas invisibles, las bacterias, las incontables formas en que la enfermedad entra en un cuerpo y lo coloniza y lo vence. Ahí estaba el horror deslumbrante, todo gérmenes en constante floración; allí la sucia placenta del mundo. Allí también, obsceno y neurótico, nuestro deseo insistente de tener un hijo, un hijo que nos atara por siempre, que nos obligara a superar los laberintos absurdos de nuestras respectivas personalidades, un hijo como un horizonte.

O una hija. Una hija para amarla mejor.

Esa noche, después de que volviéramos borrachos del encuentro con los amigos de los años oscuros –también ellos habían tenido que ingresar en este pasillo largo de la adultez, y los que intentaron oponer resistencia provocaban ternura de tan patéticos–, nos hundimos en un sexo torpe; buscábamos cada uno un orgasmo que nos permitiera unos segundos de olvido, el destello veloz del placer y su fascinante agonía. Que el maldito óvulo se diera modos para eclosionar por su cuenta. Yo sumaba al ritmo de las penetraciones el aullido de las sirenas y el zumbido del tráfico que hervía con su felicidad idiota a los pies del hotel. En cinco años de matrimonio habíamos repetido, primero con lujuria y luego con devoción la secuencia de nuestros movimientos en una rutina que, lejos de caer en el tedio, se renovaba idéntica, alcanzando la perfección de una técnica legítima: lamer, meter, subir los pies para que los chupe, respirar en cortos episodios soportando su mano pesada cerrándose en el cuello, el pulgar en la boca, volver a entrar, golpear la vulva, aguantar con las caderas, estrujarse un poco contra el clítoris al terminar, besarle el hombro izquierdo como agradeciendo o traicionando. Así, siempre igual, infalible. Si algo le debía a las inyecciones del desayuno era eso, el magnífico estado de alerta de mi vagina para apretar, segregar, retener, chupar, beber ese escupitajo imprescindible para nuestra misión. Al regresar de la corta vacación los médicos auscultarían cada folículo para sondear cuán tiernos y carnosos se habrían puesto. "Está usted dispuesta", dirían, y yo me sentiría tan rebosante como la vaca de la verde pradera. "Llámeme Clarabella", podría incluso contestar en reciprocidad.

Dormí boca arriba. Pese a la borrachera, había subido las piernas contra la pared, tratando de que lo que fuera que ocurría en las penumbras de mi pelvis sucediera con eficiencia, en una ingeniería celular que excedía mi básica comprensión. Ya bastante había colaborado con aprender a inyectarme yo misma, minuciosa e hipnotizada por la pequeña roncha que se formaba allí donde la aguja había rajado la epidermis. Debía masajearme circularmente el sitio inyectado, mientras me concentraba en la intensidad picante de su ardor, rogando por que mi sangre también se rindiera a esa arremetida.

Soñé con el Hombre de la Pierna. Soñé que una multitud de gente bajaba de los vagones del metro y se dirigía en avalancha hacia la esquina donde el negro prodigaba esas frases lastimeras que parecían profecías en tono de un *blues* desvencijado. Todos querían tocar por unos segundos la pierna en franca descomposición, cerrando los ojos mientras elevaban un deseo. De inmediato, el negro soltaba una respuesta que cada uno debería interpretar. Yo no conseguía tocar su pierna;no obstante, el negro me sonreía con su reluciente dentadura invitándome a hacerlo. La angustia que sentía por no poder tocar esa pierna sagrada era espantosa.

Desperté con el corazón acelerado y las piernas adormecidas: se me habían resbalado los pies por la pared y había doblado las rodillas hacia los costados, como una pequeña Buda desafiando la gravedad. La madrugada se colaba por la cortina de gasa del cuarto del hotel. Por un buen rato pensé en el enorme crédito bancario en el que nos habíamos embarcado para llevar a cabo la "misión", los laboratorios, las opiniones médicas no cubiertas por el seguro, las vacaciones recomendadas para que esos insospechados centros de rendimiento hormonal, celular, muscular, se desanudaran. ¿En serio valía la pena?

Mientras orinaba, inhalando el vaho ácido, la mezcla fabulosa de semen y todo ese mejunje hormonal, decidí que esa misma tarde volveríamos al Bronx. Quería ver al Hombre de la Pierna. Nunca antes había contaminado la realidad con los *delirium tremens* que solían ser mis sueños. Esos dos mundos permanecían eficientemente separados; pero ahora, quizás por toda esa sobredosis de sustancias y estimulantes que inflamaban mis mucosas, no podía evitar que tanto manoseo terminara galvanizando la vida real, exigiéndole algún tipo de respuesta.

149

Mi marido no protestó. En Nueva York, donde él había vivido los años hermosos, parecía mejor dispuesto a un azar múltiple. Esa tarde, antes de ir en busca del negro, en el caso de que esa esquina fuera su lugar habitual, en el caso de que no estuviera agonizando en algún refugio, cruzamos por un par de horas a Nueva Jersey. Mi marido quería ver el barrio donde había crecido, rodeado de italianos y croatas para quienes los clásicos problemas de identidad no entrañaban dolor, sino a lo mucho una colina de soberbia. Yo también quería tener esa colina interior desde la cual mirar a los otros, con un ángulo más ventajoso, dijo mi marido. El barrio de la infancia, sin embargo, se había convertido en una colonia apretada de coreanos.

De regreso en el ferry, con "La torre de la libertad" agrandándose a medida que nos acercábamos, mi marido dijo que le parecía una mala idea haber construido esa mole. A veces es mejor dejar que las cosas cicatricen solas, dijo. Un parque plano, con árboles, hubiera sido más sanador, dijo. Y a mí no se me ocurrió mejor idea que encontrar una vez más la belleza en lo siniestro, el destino en la tragedia: sin ese evento, no nos hubiéramos conocido, dije despacito, buscando su mano fría y lastimada en el bolsillo del abrigo. Mi marido no respondió, miró un rato el agua que se ondulaba, rítmica, amniótica, y luego señaló el edificio y sonrió. Ese día, dijo mi marido, pensé que todo aquel humo podía provenir de las tiendas del chino. Que todos esos mexicanos que él explotaba por fin se habían sublevado y se habían animado a incendiar hasta los depósitos en los pisos altos, los almacenes o la ciudad entera. El humo se quedó ahí, ¿sabes?, por muchísimo tiempo, flotando como un alma. Si no fuera por ese humo, todo hubiera apestado. Me quedé sin trabajo igual. Pero luego vino la Florida y las cosas tomaron el rumbo correcto.

Mi marido siempre ha tenido el buen tino de omitir los detalles que pueden generar conexiones incómodas o proyectar sombras innecesarias. Yo sabía, siempre he sabido que lo de "rumbo correcto" es una manera cordial de aceptar que esta su nueva vida es indiscutiblemente más adecuada que aquella, en ese minúsculo departamento de pasillos oblicuos que compartió, quizás ilusionado, con la innombrable. Él nunca supo qué hacía ella ese día allí, convirtiéndose en humo y astillas, a esa hora, ahí, despeñándose en ceniza y humo. Ya no lo sorprendo mirando con programas de acercamiento focal las imágenes de los cuerpos arrojados por el horror; ha ido suplantando sus obsesiones.

Cuando atravesábamos la ciudad hacia el norte, en busca de El Hombre de la Pierna, recién comencé a pensar realmente en lo absurdo de mi deseo. ¿Qué demonios estaba buscando? Deberíamos habernos regresado de inmediato a nuestra casa en el pantano y tomarnos unas verdaderas vacaciones, sin inyecciones, sin los fantasmas de las dos orillas de esa ciudad que me producía tantos celos. Sin embargo, necesitaba estar frente a la vitalidad contradictoria de aquel hombre. Así que cerré los ojos y me sumí una vez más en la vibración espléndida del tren que penetraba la oscuridad y los túneles y emergía por minutos a la fluorescencia entrecortada de las superficies.

El Hombre de la Pierna estaba allí, en la misma esquina. Un par de "rastas" conversaba con él. Nos acercamos sin prisa; yo quería sentir el modo en que la fragancia se intensificaba, febril e inolvidable, tomando posesión del barrio. Los "rastas" intentaban convencer al negro de ir al hospital del condado. Ellos podían acompañarlo, tenían todo el tiempo del mundo. El negro se negaba, movía la cabeza suavemente pero con vehemencia. *"Oh, perfidious friends, I would never go to a hospital to die like a dog. If I didn't die in the war, like a man, why would I humiliate myself in an emergency room, in a lonely agony?"*.

En la voluntad del negro no existía ni la más mínima posibilidad de aceptar esa propuesta lógica pero inhumana que los "rastas" le ofrecían. ¿Acaso querían "limpiar" la zona, y de paso sus posmodernas conciencias, tirándolo en una sala fría de filas inacabables de enfermos y almas en pena? "*Oh, perfidious friends...*", repetía el negro, y la cabeza de izquierda a derecha y de derecha a izquierda, precioso péndulo de ideas fijas. Los "rastas" buscaron entre los nudos de sus propios pelos algo de sentido común y entonces tuvieron la decencia de preguntarle qué prefería hacer. La pierna, cubierta por el mugroso bluejean, no olía nada bien y si se desmayaba o, peor, seamos sinceros, si fallecía en la calle, ¿dónde creía él que iba a terminar? En un crematorio municipal, se respondieron solitos, apasionados, como dos evangelistas.

Después de un largo rato de esa dialéctica empecinada, en la que también mi marido se atrevió a intervenir diciendo que tenía que haber una alternativa a la indeseada visita a una sala de emergencias, el negro dijo que al único lugar al que aceptaría que lo llevaran era una botánica, ocho calles más abajo. *"Kill me there"*, sonreía el negro, con la condescendencia beatífica que le había notado la primera vez.

Todavía era temprano, pero el atardecer ya refulgía con su color de sangre seca cuando llegamos a la botánica. Habíamos caminado con la cadencia del negro y su guitarra-bastón. En la botánica, atendida por un adolescente dominicano, las estanterías atestadas de velas, hierbas, santos de yeso, cintas de colores, botellas de brebajes caseros, me produjeron una paz que atribuí, no a las pretensiones mágicas o metafísicas del negocio, sino al reconocimiento de un trasfondo cultural que auguraba, aunque fuese por escasos momentos, un lugar en el mundo para mí. Un lugar en Nueva York también para mí.

Al rato por fin salió el verdadero dueño de la botánica y, después de darle de beber un té que olía a una combinación de orégano y algo irreconocible, metieron al negro a una salita interior. Entonces los "rastas" decidieron que ese era el límite de su samaritanismo y se marcharon. Se iban en buenos términos con sus conciencias ciudadanas; seguramente necesitaban premiarse con un kilométrico par de líneas por semejante buena acción. A ellos también el negro les dijo: "*May God pay you back with that thing your hearts wish for so bad*". Vaya uno a saber si eso era una bendición.

Esperaríamos algo más de una hora, atentos al sonido de instrumentos domésticos y hervores y apagados quejidos. De todos modos, no volví a ver a El Hombre de la Pierna porque el dueño salió de la sala interior y, sin sacarse el barbijo ni el delantal ensangrentado, nos alcanzó una bolsa gruesa, gris, y aseguró que el hombre estaba bien, que despertaría en unas horas adolorido pero que podía pasar esa noche ahí y ya al día siguiente vería. Aturdidos, sin resistirnos, tomamos la bolsa. ¿Cuánto se le debe?, preguntó mi marido con timidez –acaso tenía la esperanza de que los "rastas" solidarios hubieran dejado algo de dinero para cubrir su genial idea de la curación alternativa–. El dueño se bajó el barbijo y dijo que estas cosas no tenían precio, esto era una botánica auténtica, no uno de esos changarros falsos que no tienen el menor conocimiento de las fuerzas sobrenaturales. Lo que pueden dar en pago, dijo con pasmosa paciencia, es hacerme el favor de llevar el contenido de esta bolsa al santuario que les voy a indicar. Estoy debiendo una ofrenda importante y esta pieza funciona bien, es orgánica. Las matemáticas del cielo son insondables.

Ya era noche cerrada y la temperatura había bajado despiadadamente; sin embargo, me pareció apropiado quitarme la gruesa bufanda y cubrir la bolsa. La envolví y la apreté contra mis tetas; de ese modo no levantábamos sospechas. Pero..., ¿sospechas de qué? Nuestro crimen, mi crimen a lo mucho consistía en una subjetividad despatarrada que ya no podía atenazar firmemente el dique de las pulsiones. Las ampollas para inducir la ovulación me habían vuelto loca, ¡oh, valerosa Daisy!, ¡oh, linda Clarabella!

Subimos al metro, aunque también habíamos sopesado caminar hasta el santuario donde nos había enviado el dueño de la botánica. El peso muerto de la bolsa (que yo me negaba a cederle a mi marido porque sus nudillos abiertos me destrozaban el espíritu) nos había hecho reconsiderar la caminata. El vagón estaba atestado. Era la hora en que la gente volvía a casa, con sus sudores y el desencanto nuestro de cada día, hermanándonos. Total, solo serían unas cuantas millas hasta "la gruta". Sin embargo, una mujer se incorporó de su asiento y me lo cedió. "Cúbralo bien", dijo en español, "que hay un montón de gente resfriada aquí".

Y fue eso lo que hice, acuné la bolsa envuelta en mi bufanda, respiré hondo sintiendo el aroma ahora discreto y dulcemente fétido de la ofrenda, y recién entonces me puse a llorar despacito, mientras el tren seguía su marcha fatal por las frías entrañas de Nueva York.

En el bosque

Besa la cabeza de la niña y el olor agridulce de su pelo la atraviesa entera, le duele en alguna parte. Le ha dado permiso para no bañarse dos días seguidos. ¿Qué clase de suciedad puede albergar el cuerpo desmañado, las rodillas con sus tiernas asperezas, las axilas sin curtirse? Tiene miedo y la niña lo intuye.

¿Estás preocupada?

No.

¿Triste?

Tampoco.

¿Cansada?

La niña hace preguntas interminables. Siempre ha sido así. Menos mal que no pregunta "¿aterrada?", porque entonces no podría mentirle, no podría. Mete de nuevo la nariz en el pelo lacio, de un color miel desganado, como si a la chica le faltaran vitaminas. (Es también por esa forma imperfecta de ser niña, su infancia habitando otros patios de baldosas desiguales con algunos alacranes en los intersticios, es por ese error de su niñez, esa especie de anacrónica anorexia, que la ama). El perfume ácido de la melena infantil la extravía. Podría emborracharse oliéndole el pelo, podría morir. Huele a "cunumi", una raza tan lejana que ya le parece ficción. Cuando se fue de Portachuelo a vivir con esa prima copetuda en Santa Cruz, siempre se sintió así, un poco cunumi, tambaleándose en el filo de la inadecuación. Una vez tuvo el valor de preguntarle a esa prima si se le notaba mucho lo cunumi. La prima le dijo que debería luchar contra esos bajones, que se hiciera una limpia o algo.

Mira a la niña y se siente mejor. Habla inglés sin acento porque llegaron justo en esa frontera de la edad, cuando el lenguaje va desprendiéndose de los objetos, de sus sonidos básicos, el clac clac de las goteras, o el gua-guau de los perros, y se hace una extensión fantasma de uno mismo. Si la niña supiera que también al lenguaje le tiene miedo. Hay palabras que la paralizan: "purgatorio" es la más escalofriante. Pero también le enfría el estómago la palabra "excomulgar", quizás porque significan prácticamente lo mismo: esa soledad inexpugnable y eterna de los que se equivocan.

La cabeza de la niña está caliente. Pero no es fiebre, sino la temperatura naturalmente encendida de los chicos. Tiene húmedas las raíces del pelo. No es temporada de piojos y esto la tranquiliza. Una vez le mandaron una llamada de atención de la escuela, "*Make sure your child attends the school in appropiate hygienic conditions*"; rompió la nota. No iba a permitir que la escuela se apropiara del cuerpito flaco, libre de su hija.

Decime, indaga ella, ¿con vos no se metió?

No, contesta a secas la niña, que ha perdido ya la cuenta de las veces que le preguntó lo mismo. A esa hora hay poca gente en el parque y la banqueta está lo bastante lejos de la fuente de agua como para no caer hipnotizadas; de todos modos, el sonido líquido les llega y las cubre y las incluye en la misma burbuja.

¿Estás segura?

Sí.

¿Muy segura?

¡Mamá!

Curiosamente, cuando la niña llega a sus límites, que son amplísimos, ella se siente mejor. El pequeño enojo la revitaliza. Si la niña es capaz de sentir rabia, puede confiar. No quiere una criatura sumisa, la semillita de una víctima. Alza la vista y el corazón se le apacigua ante la húmeda presencia de los árboles. Se ciernen sobre ellas con una pasión desinteresada. Leyó en algún reportaje sobre los secretos del Japón que abrazar a un árbol anciano, gigante, permite transmutar el karma. Lo chistoso es que no quiere liberarse, quiere un karma que la ate por siempre a la niña, quiere —oh, Dios, si no sonara obsceno, si las palabras pudieran ser todas limpias y fieles— estar dentro de la niña, en las coyunturas de sus rodillas. Tiene miedo y abrazará a un árbol, sí, pero no para transmutar, solo para sentir el corazón de ese animal quieto, las várices llenas de savia, esa especie de amor japonés. Ha llegado a decir conjuros en esa lengua extraña, sin entender la fuerza de las palabras prestadas, sin saber si está vendiendo su alma a algún diablo asiático o qué tipo de dioses vendrán por ella cuando triunfe el miedo por sobre su maternal egoísmo.

Mami, tengo ganas de bizcochuelos, dice la niña.

Todavía hay bizcochuelos y deben estar frescos, suelen durar dos meses. Intentaron, ella intentó, hacerlos pasar por la aduana sin declararlos. La multa encareció los bizcochuelos. La niña se ríe cuando en el desayuno ella comenta que van a saborear "los bizcochuelos más caros del mundo". Piensan en Bolivia pero no extrañan de un modo patético; es más bien como un secreto, una serie de bromas privadas. La niña sabe lo que significa la palabra "cunumi", pero "serebó" es su favorita, la hace pensar en dulces. ¿Qué verán en la extranjerita sus compañeros? Si ella se ejercita a mirarla con otros ojos no es porque dude de la capacidad de la niña de ser una persona total, una unidad coherente, perturbadora, sino para protegerla. Su madre tendría que haberla mirado así, tendría que haberla ubicado en el mundo, anticipándose a sus amenazas. A ella le gusta que la niña sea flaquita, casi huesos. Le gusta sentir el esqueleto cuando la recibe al bajar del autobús. Qué hay de malo. No le extrañaría, sin embargo, recibir una nota de la escuela diciendo "*Make sure your child eats breakfast every morning!*".

Hay bizcochuelos en casa, se alegra de poder responderle.

Qué bien, ¡qué bien! La niña mueve las piernas en un columpio imaginario. A esa edad ella ya se masturbaba; claro que el movimiento de sus piernas no era como sobre un columpio, consistía más bien en la fricción concentrada sobre el taburete de la cocina y ese ardor fugaz que imaginaba como las estrellas de pólvora de la Navidad, que se extinguían dejando conmovedores espectros fosforecentes en la tiniebla. La fantasía no le alcanzaba para más. Luego no hubo fantasías y llegó a sentirse culpable, relacionando las cosas al revés, buscando causas imposibles. Si veía un grupo de chicos se hacía pasar por tullida, uno huele su destino. Un día no quiso ser tullida, no quiso cojear ante la presencia masculina.

Caminemos... Se incorpora ella.

Avanzan por el parque hacia la cancha de arena. La niña se detiene a jugar con un chihuahua. El cachorro lleva collar, de modo que ya aparecerá el dueño. El perro olisquea los tenis de la niña, las rodillas, se pone en dos patitas y busca la entrepierna; ella se interpone entre el animal y su hija.

Él no es malo, dice la niña.

¿Cómo sabés?

Porque lo veo, miralo, mirá sus orejitas, dice la niña, que confía con el mismo amor tanto en sus propios ojos como en la fuerza de sus deseos.

No se puede confiar en un perro o en una persona solo porque te parecen buenos o porque el animalito tiene orejas como las de un cuento. La maldad nunca se nota. Hay gente que es capaz de hacerse pasar por tu abuelita solo para...

Pero mirá...

¡Que no!

A la niña se le humedecen los ojos. Ella espanta al perro con el amague de una patada; el bichito es cobarde y se amilana. La niña solloza. Ella no la toca. No puede conmoverse, tiene que cuidarla.

¿Entendiste?

La niña solloza un poco más fuerte y el chihuahua ladra con gritos cortos, agudos, y la cola erecta.

¿Entendiste? Solo quiero que entiendas, ni perro, ni animal, ni cosa, ni objeto, ni persona o sustantivo.

La niña se calma, a pesar de no entender totalmente la

intención del guiño gramatical. Pero el perro sigue chillando.

Entonces sí lo patea. No es una patada dura, es solo el contacto, la firmeza de su presencia de madre, más allá de la higiene y los desayunos. Lo que está dispuesta a hacer.

El perro no se va. Retrocede, sí, pero sigue ladrando. No es la niña quien tiene que entender, es el puto perro, piensa ella, y podría morderlo, ella misma podría morderlo, clavarle sus caninos en esa ridiculez de fauces como uvas pasas y trasmitirle su ira, envenenarlo. Pero aparece el dueño. Un muchacho de brazos musculosos (los ostenta con una camiseta sin mangas que también deja ver los vellos de los sobacos —solo así puede nombrar la visión, piensa ella con la persistencia cunumi de sus neuronas, "sobacos", conteniendo un ramalazo de asco—) y piercings en las orillas de las cejas como breves constelaciones metálicas. Claro, ahora se da cuenta de que lo que le gustaba a la niña es el piercing que el perro lleva en la oreja izquierda.

¡Thor! Lo controla el chico. ¿Les hizo algo Thor?

Nada, se apresura la niña, que quisiera pedirle disculpas al perrito rockero, decirle que no es su enemiga. No podés ir a un parque buscando enemigos. ¿Qué demonios le pasa a su mamá?

Nos acosa, la corrige ella. ¿No ves que tu perro no deja de ladrar? ¿Cómo podés dejarlo suelto?

El chico se ríe. Le falta un colmillo. No es más que un vampirito desdentado.

¿Y de qué te ríes? ¿Es gracioso lo que te digo?

El muchacho se encoge de hombros, le enchufa el collar al

perro y se aleja como de dos psicópatas. La niña se pone a mirar hormigas.

Vamos, ordena ella.

Cruzan la cancha de arena, todavía les llegan los ladridos del animal despechado; atraviesan el parqueo de bicicletas cuyos aros centellean con su velocidad dormida. La niña mira esas naves con lujuria.

Suben al carro. La niña no se pone el cinturón de seguridad; ella no reclama, se inclina y se lo ajusta en silencio, sin arengas. El olor ácido de su pelo vuelve a embriagarla.

En el primer tramo la niña se adormila un poco. Ella pone un podcast sobre filosofía. Ya sabe que la verdad se contiene a sí misma y que no importa lo que vos creas, la verdad siempre es la verdad. Entonces, vuelve a preguntarse ¿no es lo mismo fe y verdad? Siempre le sorprende esa pregunta. Cómo quisiera ser más inteligente, más segura de sí misma, todo lo que no es, la expresión de un yo en potencia que ella misma fue asesinando.

Cuando cruzan el puente la niña se anima. Hay pájaros emigrando y no están tan lejos. Le gustan los animales. Los de mentira también son misteriosos, como los dragones. No sabe si los caballitos de mar son de mentira o de verdad. De todos los animales, eso sí, preferiría ser un perro, tal vez no un chihuahua, sino uno más peludo, un perro contento siempre listo para correr detrás del *frisbee* y luego dormir largas siestas. En el fondo, la niña sabe que la lealtad de los perros no es sumisión, es un modo de ser feliz. Si te dan un hueso, sos feliz. Sos un perro y lo sabés, no hay problemas.

¿Va a volver a clases?, rompe ella el mundo interior de la niña.

No lo sé. Quizás las cambien de escuela.

¿A las dos?

Claro, mami, son gemelas.

Claro.

Es como si les pasara lo mismo a las dos.

Es así. Pero entonces, ¿volverá?

Te digo que no sé.

¿Han hablado del tema con la maestra?

Dicen que siempre hablemos, que digamos todo.

¿Y lo dicen? ¿Vos lo decís?

No tengo nada que decir, mami.

Cualquier cosa, lo que sea, hay que decirlo, ¿entendés? Si quieren tocarte o si simplemente te asustan, lo que sea...

Sí, sí.

Dejan atrás el puente, ese juvenil troncharse de la ciudad que a ella también le gusta. El carro de pronto tose, carraspea, y ella se ve obligada a parquearse a un costado. Pone las luces de stop y una banderita blanca en el retrovisor izquierdo —nadie podría negar que es una buena conductora, excepto cuando no está con la niña; en estos casos contesta el móvil aunque el pequeño bólido convulsione en alguna sinuosa bifurcación; es que no puede darse el lujo de desoír una llamada que podría tratarse de su hija—. Baja las ventanillas y le dice a la niña que permanezca adentro. La niña protesta, hace calor. Ella no responde. Levanta el capó y mira el secreto aparato digestivo del vehículo, no entiende nada. Tendrán que buscar ayuda.

Todavía el sol tiñe las nubes. Habrán reanudado la marcha antes de que anochezca, eso pueden jurarlo.

Cuando seas grande quizás te encontrés en una situación similar, dice, ahora sentada dentro del carro. Ha hecho una llamada a Asistencia Vial y les ha dado sus coordenadas. Vendrán en una hora. No se puede antes, están en plena carretera interestatal, en medio de la nada. Siempre ha odiado esa expresión, "en medio de la nada", le produce agorafobia. Todo el maldito lenguaje es como una aspiradora arrasando su pecho. Abre una botella de agua y se la alcanza a la niña.

¿En qué situación?

En esta, pues. Que el carro se te ponga terco y no quiera arrancar. Si estás sola, ni se te ocurra salir del vehículo. Asegurás las puertas y pedís ayuda por teléfono.

¿A quién?

A quien sea, al seguro del carro, a tu mejor amiga, a mí...

¿A vos? Ya vas a ser muy viejita, viejísima. Pero vas a estar viva, ¿verdad?

No, no sabe si va a estar viva, especialmente porque el tiempo ha perdido la hermosa elasticidad que tenía hasta hace apenas unos años. No sabe, no se imagina a sí misma, por ejemplo, a los cincuenta, madre de una mujer joven. Eso sí va a ser como mecerse en un columpio, una parte de ella cayendo al abismo, otra sostenida de la flamante juventud ajena.

Quiero hacer pis, pide la niña. El pasto amarillea. Mira por el retrovisor, ningún vehículo se aproxima. Faltan cuarenta y ocho minutos para que vengan a rescatarlas.

Bajan y se aventuran a caminar en dirección a los árboles. No es una floresta tupida, pero los pocos robles son altos, frondosos y de edad incalculable. Estaban allí antes de que ambas nacieran, como una prueba de fe. O de verdad, que en estos casos es lo mismo.

Aquí, ordena ella. Ha elegido un árbol de tronco obeso. Las venas le serpentean subiendo hacia la copa. Es un árbol ontológicamente japonés, delira con placer, tomada ya por el ánima del bosque, sin sospechar ninguna felonía. Allí todo es sinceridad, se convence.

La niña se baja el jumper y los calzoncitos. Son blancos, y aunque hace tiempo que detesta las blondas de los calzones de bebé, exige que su ropa interior tenga dibujos divertidos. Betty Boop, por ejemplo, es perfecta por si se te ocurre entrar al baño con una compañera.

No vayas a mojarte, le advierte.

No puedo orinar si me estás mirando, dice la niña.

Ella se voltea y presta atención al mundo quieto del pasto, los árboles, el cielo, al lejano zumbido de abejas o moscas. Le toma dos segundos darse cuenta de que no hay quietud. No hay paz en ninguna parte. Las nubes se han enloquecido y corren convocadas hacia alguna tormenta en el Medio Este. Hormigas sudorosas intentan organizarse ante la violencia de su pie interrumpiendo un caminito. No lo aparta. Se pone en cuclillas para mirarlas mejor. Un río transparente se encauza hacia el mundo de las hormigas. No morirán ahogadas porque con una rapidez impensable en ese universo mínimo se encaraman, a modo de puente, sobre una hoja seca. Siguen trabajando como si nada hubiera pasado. Hay tanto que aprender de las hormigas.

¿Terminaste?, pregunta ladeando ligeramente la cabeza.

¡No mirés!, protesta la niña.

No estoy viendo, la tranquiliza, volviendo a concentrarse en el río cristalino. Es la orina de la niña. Ella estira el índice gigante y lo empapa en aquel río. Lo huele, lo chupa.

No hay sangre en la diminuta quebrada.

Cuando levanta la mirada se topa con los ojos negros de la niña que la mira llena de asombro, quizás reprobando esa forma de entrometerse, eso que —debe intuir la niña— terminará lastimándola.

No quiere lastimarla. Preferiría morir.

Ya le ha hablado de la menstruación, le ha hablado de los hombres extraños y sus sonrisas familiares, le ha suplicado que prefiera siempre quedarse con ella, si el juez pregunta, si una experta pregunta, siempre con ella. No importa lo que digan. Que es bipolar, que es inestable, que con su padre todo sería mejor. Nada. Y le ha dicho además que ese cuerpito es su patria, solo suyo. Pero ahora no tiene una razón para justificar qué hace allí, de cuclillas, oliéndole la orina, casi bebiéndola.

Es que tengo tanto miedo de que te haya tocado a vos también y no quieras contarme, gime por fin ella.

La niña se queda en silencio, no la consuela, del mismo modo que la madre no lo hizo en el parque, frente al chihuahua, humillando su corazón.

Vos, mi amor, encontraste a la gemela, la encontraste en el baño, viste lo que le hicieron, ¿entendés? Estabas cerca... Tan cerca que me hace pensar... ¡Oh!, quizás te dé vergüenza que...

¡No, no!, se rebela la niña, a mí no, yo nada, ¿por qué no me creés?

La niña corre sollozando hacia el carro, pero regresa de inmediato.

Hay tres chicos mirando nuestro carro, informa la niña. Tiene la carita encendida.

Ella se incorpora. Hay hojas secas, negras, pegadas a sus rodillas. El pasto también se ha oscurecido.

Deben ser los de Asistencia Vial, chiquita, pero no hagamos ruido.

Se asoman lo suficiente por la breve colina y comprueban que, en efecto, dos muchachos jóvenes inspeccionan por las ventanillas del vehículo lo que pudiera haber adentro. El tercero, de espaldas a ellas, aguarda montado en una enorme motocicleta. Los que espían son flacos, pero el que cabalga en la moto, no se sabe: una sólida chamarra de cuero le flamea contra el viento, puede tratarse de un sujeto demasiado robusto. Ojalá rompan el vidrio y se lleven la cartera y se larguen. Escucha las voces amortiguadas, sus risas inmorales, le pesa tanto haberse quedado en el parque.

De pronto un ladrido agudo las golpea como una ráfaga.

¡Es el perrito!, dice la niña, a medio camino entre la alegría y el miedo.

Los muchachos miran a los costados, y ahora que el de la moto también se mueve reconocen al del parque, sus piercings como galaxias. Ellos no consiguen verlas; baja el más flaco por la pendiente, pero a unos metros de distancia; en cambio el perro viene directo, obedeciendo al infalible olfato. Ellas también se apuran y se esconden tras el árbol de tronco solemne como una bestia. A la niña le late el corazón con tal locura que ella, conteniéndole con la mano el pecho todavía asexuado, puede sentir el pezoncito izquierdo floreciendo, a punto de partirse. Coloca a la niña contra el árbol, aferrándose a él como un perico, y la cubre con su cuerpo, la hace abrir los bracitos y apoya sus palmas sobre las pequeñas manos: una madre cangrejo sobre su cría. Las dos acercan el oído al amoroso tronco. Las mejillas se tensan al contacto con esa piel rugosa, después se funden en la corteza. El sol se posa ya únicamente en las ramas superiores.

Por favor, Señor Árbol, ruega ella.

Señor Árbol, repite la niña.

Pasos lentos aplastan hojas y hormigas.

¿Thor?, llama el muchacho, cuya sombra desgonzada comienza a cercarlas.

El chihuahua rockero se ha distraído bebiendo del río de las hormigas. Ella hinca las uñas en la corteza y puede escuchar el crujido del calcio astillándose. Que el espíritu del dragón que habita en el corazón del árbol continúe protegiéndolas.

Que así sea, Señor Árbol, susurra, cerrando los ojos y respirando el perfume desgarradoramente ácido del pelo de su hija.

¿Thor?

La niña se estremece. Las hebras de la infantil cabellera se han enmarañado en el tronco. La madre le cubre un grito con la mano desesperada. Siente cómo la niña clava sus dientecitos en la palma abierta pero aguanta el dolor. Por ella aguanta todo.

¿Encontraste algo amiguito?, pregunta el muchacho. Thor levanta el hocico húmedo. Sonríe perrunamente.

El pasto se hace cómplice de las zancadas del muchacho.

Ella no voltea. Sigue ahogando el gritito de la niña, haciendo presión contra la mandíbula y la naricita de conejo que la hace tan bella, cubriéndola del acecho de esa navaja lúbrica que es el mundo.

Por favor, Señor Árbol, susurra.

Y contra todo, la plegaria japonesa de la madre es escuchada y de pronto el esqueleto de su niña va cediendo, los dientes ya no se resisten, el cuello se relaja. Pero no teme soltar esa humanidad pequeña y amada porque resulta que la niña va haciéndose fibra y savia y madera fresca, y ahora ya no es cuerpito ni presa sino árbol rejuvenecido, tronco casi viril, y temblor de ramas y tarde poderosa. Clorofila inalcanzable para las básicas criaturas.

Adentro

I

Camina deteniéndose cada tanto para mirar sus huellas en la arena húmeda. Le gusta cómo quedan registrados los dedos. El dedo gordo, una belleza. Es buena amiga la arena, es fiel. Fabio recoge un puñado y lo desgrana. Destellos chiquitos revelan su autenticidad, más tierna que el azúcar. ¿Por qué Noelia no lloraba? Tenía los ojos hinchados y también un poco el labio superior, pero no lloraba, no se quebraba ante él, lo dejó solo. Y Mario. Mario diciendo esas frases vacías, *vamos a ser tus padres siempre, esto no te afecta.* ¿Cómo lo saben? Los odia.

Está mal odiar a los padres, pero los odia. Es su derecho.

¿Y ahora qué? Noelia habló de volver a Bolivia y dedicarse al viñedo. Él apenas conoce Bolivia; Noelia le cuenta maravillas de Tarija, de las uvas, del paisaje con colinas verdes, de la gente, pero vivir... Mario tiene que quedarse ahí, en el chalecito de la empresa, su lugar es la orilla. No dijeron nada sobre la otra posibilidad, quedarse con Mario, aprender a medir la intensidad de la marea, el comportamiento metódico del agua amotinada. Noelia nunca terminó de sentirse cómoda en el chalecito, qué cosa.

¿Con quién quiere quedarse? ¿Dónde quiere vivir? Y por el resto de su vida. Quiere ser fuerte y tomar determinaciones sólidas.

Se quita la polera y el short. Las costillas forman rieles infantiles bajo la piel pálida, nada que ver con la oscuridad del sexo, el pene flaco y largo, quizás como el de Mario, y la hilera de vellos castaños que se meten como hormigas en el ombligo. No le ha contado a Mario que tuvo algo con Yoko, la chica hippie de la juguería, algo natural; pensó que iba a ser más complicado, pero no. La chica dijo que en realidad le gustaba Mario, se lo dijo mientras ella misma tomaba su pene inflamado, valiente, y ella misma se penetraba, haciendo gestos de falso dolor.

Avanza a zancadas por la orilla hasta que va ganando profundidad, entonces se aprieta la nariz, cierra los ojos y se hunde. Hundirse es fantástico. Es un olvido dulce, una forma de volverte ciego sin sentir miedo. Le gusta adivinar las cosas que lo rozan: una rama, algunos pescaditos patoteros, piedras de piel suave, una concha rugosa, un... Abre los ojos dentro de ese mundo de pronto transparente y toma aquello que le ha golpeado la cadera con el impacto sordo del agua. Es una botella.

Se impulsa y sale con la energía de un tiburón. Le encanta esa imagen, él emergiendo como un planeta acuático hacia una ingenua superficie. Vuelve a zancadas hacia la orilla, le arden los ojos, no los estruja para que la sal no se cuele detrás de las córneas. Cuando el ardor cede, mira con atención la botella. Es una botella gorda, verde, mohosa, el corcho está tan hinchado que ha criado un callo considerable asomando por el pico. En el vientre de la botella hay una carta.

Fabio seca la botella con su polera y trata de empujar el corcho, pero es imposible. La botella se ha atragantado y tiene en su interior un secreto, porque eso es lo que es una carta cuando no se ha leído. Una carta enrollada, la potencia de una vida latiendo.

Divisa el pelo descolorido de Yoko, flameando. Yoko con su vestido de flores, pintado por ella misma, con orgullo hippie; Yoko oliendo a frutas tropicales, a vitamina C. Sí, eso le recuerda Yoko, una moneda efervescente de vitamina C, de las que tomaba hace un millón de años, cuando Mario y Noelia funcionaban. Les gusta usar esas dos palabras: "funcionar" y "acoplarse". Ahora usan la versión *dark* de ese concepto: "no funcionan", como si fueran algún gadget o un inodoro atascado. Cada vez que Fabio escucha la terminología técnico-amorosa de sus padres piensa en ese tipo de dificultades, objetos duros que se han puesto tercos, cosas como autos chocados, con las trompas abolladas como acordeones.

Fabio envuelve la botella barrigona con su polera, se pone rápido el short y se sienta en la arena, de cara a las olas.

¿Me tenés vergüenza?

No, qué va.

Necesito hablar con vos.

Decime.

Vamos caminando. Va a oscurecer pronto y tengo que cerrar bien el kiosko. ¿No te joden cuando volvés tarde?

Qué importa eso. Vamos.

¿No te vas a poner la polera?

Me arde la espalda.

Fabio lleva bien agarrado el envoltorio con la botella. Mira de reojo a Yoko, el pelo de un rubio desganado, las pecas en el pecho y los hombros, los pezoncitos de mujer estremecidos por la temperatura fría del atardecer.

Cuando llegan al kiosko, Yoko se alza el pelo en una cola. Entonces Fabio puede entender mejor eso que Yoko dice sobre tener veintidós años, sobre lo guapo que es Mario con las canas como breves relámpagos en las patillas y las sienes, y el modo en que a ella se le erizan todos los vellos del cuerpo, *to-dos*, ante la visión de esa especie de Sansón de la bahía.

Yoko tiene pómulos discretos y el labio superior inesperadamente más gordito que el inferior. Los párpados tatuados le aumentan la edad, como es preciso en el homenaje autoimpuesto que la chica hace de su propio cuerpo. Quizás eso fue lo que atrajo a Fabio, la anacronía, la voluntad tonta de ser Yoko, de borrarse. De cerca, cogiéndosela, es difícil notar esos detalles. Fabio necesita distancia para captar la realidad. El mar lo tiene malacostumbrado. El mar lo vuelve ciego para el resto de las cosas.

Estoy embarazada.

Se lo ha soltado así, como cuando llegaron hasta la islita en el kayak de Mario y Yoko dijo "vení", desanudándose la parte superior del bikini. Le perturbó que Yoko no se depilara las axilas, pero le gustaron sus caderas huesudas y anchas y los pelos rubios avanzando con timidez hasta las ingles.

¿No vas a decir nada?

¿Tenés un pucho?

¿Un pucho? Te digo que estoy embarazada ¿y me pedís un pucho? Sos bárbaro. Buscá en la cesta junto a la caja.

Fabio trae una cajetilla. Saca un cigarrillo y lo prende con un encendedor con la cara de James Dean en su mejor momento. El fuego joven lo envuelve en una felicidad rápida, eficaz. Aspira con todo el hígado y se toca instintivamente el pelo tieso de arena e intenta echarlo hacia atrás sin ningún resultado.

¿No pensás invitarme?

Estás embarazada, ¿no?

¡Ja! ¿Me lo estás reprochando?

Tengo diecisiete, Yoko. Vos sabías que tengo diecisiete. ¿Querés que me case con vos?

No seas tonto.

¿Entonces?

No sé. Nunca estuve embarazada antes…

¿Nunca?

¿Qué te creés, pendejito? ¿Dudás? Si te digo que nunca estuve embarazada antes es porque nunca estuve.

¿Eras… virgen?

¡Pero qué boludo! Claro que no era virgen, solo que nunca me empreñé, ¿entendés? El cuerpo no es una máquina.

A Fabio le duele que Yoko use esa palabra, *empreñar*, no quiere que ella se rebaje. No la ama. Fabio lo sabe porque hace tiempo amó a otra mujer. A Maritza. La amó desde los ocho hasta que cumplió catorce y se fue con los padres a Libia. Allá iban a hacer un montón de plata en las plataformas de petróleo. Maritza se la pasaría leyendo. Con Maritza las cosas no se desdoblaban. Las nubes eran nubes; la silla, silla, los dedos, dedos. Todo ajustado en su propia identidad. Yoko es, en cambio, un movimiento sin aprendizaje, acaso un accidente.

Yoko toma por su propia cuenta un cigarrillo y lo prende. El humo asciende como un espíritu por entre las licuadoras. Fabio imagina un laboratorio en cuyos tubos Yoko experimenta modalidades para joderle la vida. ¿Cómo se siente una rata acorralada? ¿Qué sustancias segrega? Sudor, semen y algo más. Sustancias que lo condenan.

¿Qué pensás hacer?

Sacármelo. Y, claro, para eso necesito plata.

Fabio ha visto un montón de películas sobre el tema, adolescentes que comienzan a hacerse cargo de una familia y se convierten en mafiosos. Fabio se imagina cruzando aeropuertos europeos con respetables dosis de cápsulas de cocaína en las tripas, todo por el hijo que engendró una tarde de aburrimiento, cuando hubiera preferido estar en casa, en la salita del televisor, sacándole la mierda a algún boxeador peso pesado del Xbox.

¿Cuánta plata?

Quinientos, seiscientos, no sé... Nunca estuve en estas.

¿Seiscientos pesos?

Fabio tiene unos ahorros: los regalos del último cumple, el bajo que vendió en un arranque autodestructivo.

Pesos no. De los verdes. Un aborto es caro.

Fabio se aplasta un mosquito en el hombro. La sangre pegajosa lo asquea. Mira el reloj. Noelia y Mario deben estar cenando, si es que se atreven a cenar juntos sin levantar la vista del plato. Le duele la garganta. Es a él al que le cuesta tragar. Adivina las paredes de su esófago chupándose una contra otra.

Yo no tengo ese dinero, Yoko. Cuando dice "Yoko" recuerda que la muchacha le ha contado que ese no es su verdadero nombre, que le gusta porque es una leyenda total.

El problema es de los dos. Tendrás diecisiete, pero bien que…

Lo sé. Sé que yo también estuve… involucrado.

¿"Involucrado"? ¡Ja! Solo eso me faltaba. Que el señorito Fabio vea esto como un crimen.

¿Y no lo es?

Callate. Dejá el discursito antes de que vomite. Si vos no conseguís la plata, si no te animás a hablar con Mario, yo puedo…

Fabio sabe cuán elástico es el espíritu hippie de Yoko. Huele a kilómetros la alquimia de sus inciensos, cáscaras de mandarinas y muelas traseras comenzando a pudrirse.

Voy a ver qué hago.

¿Vas a hablar con tus padres?

Yoko sonríe incisiva. Prende otro pucho, lo caldea y lanza el humo hacia el techo, donde se queda levitando como un ángel de malagüero. A Yoko le gusta Mario, pero se ha conformado con él y ahora lleva un feto de los dos. El feto es de los dos. Así de irreversible.

No, voy a ver qué hago.

Fabio no la abraza. Fabio no ha percibido terror en Yoko, nada que la ablande. ¿Quién dijo que ser hippie era garantía de un amor universal? Nadie es lo que parece. Él tampoco es el adolescente débil que sus padres tratan de mantener al margen de la hecatombe. Es todo un hombre.

Yoko tampoco lo abraza. Lo último que sabe de ella es el clic-clac demoledor del candado en la puerta metálica del kiosko. Y la luz entrecortada del anuncio de neón tajeando su rostro.

Piensa otras cosas mientras camina hacia el chalecito. Necesita esos veinte minutos consigo mismo. ¿Será eso quererse? ¿Sentirse bien a solas? Mario siempre le ha dicho que él es un joven afortunado, que irradia una cabalidad de hombre que otros tardan la vida entera en conseguir. Igual, siente que los huesos del tórax se le van rajando.

El plato con su cena da ganas de llorar. Es el mismo plato amarillo de siempre, con una salchicha como un gusano de tierra; la penumbra lo cubre de una tristeza horrible que Fabio es incapaz de sostener. Le trae recuerdos de las naturalezas muertas que a su madre se le dio por pintar durante su famosa "crisis". Una tristeza de plomo ayer como hoy. Podría alzar ahora mismo una barra de ciento cincuenta kilos, lo ha hecho antes, en el gimnasio subdesarrollado del pueblo, intentando una musculatura huidiza, pero sostener esa tristeza densa se le hace imposible.

En la habitación, mientras esconde la botella bajo la cama, escucha a Noelia acercarse a su puerta. No toca, solo pregunta si está todo bien y por qué ha tardado.

¿Estará Mario en casa?

Cuando la noche termina de aquietarse, Fabio prende la lamparita del velador y recoge la botella. Toma un cortaúñas y con la lima metálica comienza a picar el corcho. Lo hunde. Golpea el culo de la botella intentado empujar el cilindro de la carta, pero el papel entumecido no avanza. Fabio mete el índice, hurga, llega a tocar el borde tieso, pero poco puede hacer. Sopla dentro de la botella invocando a algún puto genio, nada.

Unas pinzas, necesita una pinzas.

Entra casi en puntillas en el cuarto de Noelia y Mario, pero que ahora, cuando Noelia haya vuelto a Tarija a cultivar sus viñedos y los deje en esa costa pesquera, será solo de Mario. Noelia duerme como una bailarina, el brazo izquierdo levantado sobre la cabeza, el derecho rozando la cadera, una pierna flexionada con el pie tocando la rodilla de la otra pierna suavemente tensa. No parece sufrir, no parece estar perdiendo a su hombre. Esa forma de alejarse de los demás siempre lo ha extrañado. Las madres de sus amigos, en cambio, pese a la melancolía de la costa, son un poco más entrometidas. Fabio nunca sabrá si agradecer o castigar esa distancia.

En el botiquín, Fabio encuentra las pinzas, y unos condones. No deja de incomodarle la idea de sus padres haciendo el amor, aferrándose a prácticas juveniles, jugando a cometer errores. Fabio siente otra vez el dolor en la garganta, las malditas ganas de sollozar, no porque esté desesperado, no es eso, sino por cansancio. Eso también es válido, llorar de cansancio. Hace poco vio una noticia sobre un torero que, ante la mirada resignada del toro que estaba a punto de sacrificar, se derrumbó en una banqueta, llorando como quien ha renegado de Dios. Seguro lloraba de cansancio. Llevar tantos espíritus de toros a cuestas, tanta sangre, debe ser jodido.

Brega un rato con las pinzas, no quiere lastimar la carta. Cubre los filos de metal con algodón y consigue sujetar el papel. La carta por fin asoma por el pico de la botella. Fabio se detiene, le parece un gran momento, ¡lo mejor que le ha pasado en semanas completas!

Toma con cuidado la carta. El papel había estado envuelto en celofán incoloro, es de cuaderno cuadriculado e, increíblemente, gracias al forrito, está casi intacto. La carta se contorsiona caprichosa, quiere hacerse un ovillo de nuevo; los pliegues más definidos dividen el mensaje en cuatro partes. Fabio piensa que la vida puede tener una división semejante, una división invisible y rotunda. El primer cuarto de su vida consiste en haber embarazado a una muchacha de veintidós y decidir con quién quedarse, si con su padre o con su madre, que nunca dejó de extrañar su pueblito boliviano y quizás por eso siempre parece estar enganchada en un tripeo alucinado y difuso. El resto dependerá del azar.

La letra de esa carta náufraga es redonda, franca. Es una letra sin vicios, acaba de estrenarse y, en conjunto, consonantes y vocales parecen maravillarse de su capacidad de sobrepasar sus propios rasgos y significar otra cosa, a través de los mares y del tiempo.

Fabio lee mentalmente y luego en un susurro. Lee dos veces:

Te he encontrado.

17 de septiembre de 1987. Ciudad Isla II, Barrio de Los Trenes, casa 5.

Mete la botella en un zapato para protegerla de la curiosidad de Noelia y se acurruca bajo las sábanas con la carta en la mano. ¿Quién habrá escrito ese mensaje? ¿Un sujeto como él, de su misma edad? La letra es primeriza y el mensaje un telegrama y sin embargo todo un veredicto, así lo siente. ¿Una niña? Probablemente una niña precoz, con ganas de novio, con fantasías que ha copiado de la televisión. ¿Qué programas hubo en los ochenta? ¿Qué música? Mario escucha baladas excesivamente melódicas, pasadas de moda, a pura guitarra, de amores que se rompen. "Te he encontrado" es un vínculo irrompible, algo que diría un asesino a su víctima o, digamos, Jesucristo a un pescador, o al revés mejor: un pescador con el alma nauseabunda a Jesucristo. No es lo mismo que un "te encontré" ligero, agotándose en el hallazgo. ¿Y si la carta, o mejor dicho, esa línea rotunda, "te he encontrado", la escribió la propia Yoko y sus actitudes falsamente japonesas? Y lo ha encontrado, sí, cruzando sus diecisiete sin ningún tipo de protección, encaramándole sin más un sapo que tiene sus células, una consecuencia del sexo, un castigo. Yoko tendiendo trampas hippies, con sus collares de cuentas color turquesa y los párpados tatuados, Yoko abriéndole las piernas y metiéndose ella misma su pito inexperto mientras en realidad piensa en Mario, Yoko que seguro se llama María y que debe tener raíces italianas pero le gusta lo japonés, de Japón pero de Inglaterra y también un lápiz que rellena de la misma tinta de las licuadoras y cuentas de vidrio, de la botella preñada, engarzadas con pititas de alambre fingiendo ser joyas de plata, y Mario con las patillas de hombre, cuentas verdes abultadas como los ojos del feto...

No sabe cuánto tiempo ha dormido cuando se sienta, sobresaltado, sudando. No debe haber sido más de media hora porque la luna apenas se ha escurrido hacia esas constelaciones que Mario llama por su propio nombre como si fueran compadres de borrachera y asadito: "ahí está Orión", "asomó la Osa". Las ideas del sueño todavía flotan como moscas en la oscuridad. Yoko está embarazada, tiene un feto en el útero, para decirlo con ciencia, y el feto es también suyo, su culpa. ¿De dónde va a sacar los seiscientos lucas? Sabe que este es un pésimo momento para contar con Mario, para explicarle su equivocación. Noelia querrá llevárselo a rastras a Tarija, a cultivar uvas y conocer a sus parientes.

No tiene muchas otras cosas para vender. Pero podría trabajar. Trabajar en serio. No los eventuales oficios de verano que Mario le sugiere para forjar el carácter. Nadie se ahoga en esa costa con tantos oceanógrafos y binoculares y kayaks del equipo que Mario dirige; nunca ha tenido realmente que ejercer su trabajo temporal de salvavidas. Gana mucho más Yoko con los jugos de cítricos y los batidos supervitaminados que ella inflama a punta de clara de huevo.

Tiene que irse. Reunirá los seiscientos en otra playa. Tiene que hacerlo pronto. Imagina que la panza de Yoko tiene sus propias leyes, *el cuerpo no es una máquina, ¿qué creías pendejito?*, y hay que detenerla.

Qué horrible que la vida sea eso, una lucha desigual, descarnada: o el feto o él. El feto es su enemigo. Ahora se siente patéticamente agradecido con Mario y Noelia que decidieron tenerlo cuando probablemente eran tan inexpertos como él, cuando querían un mundo mejor. Fabio los ha escuchado hablar de esos ideales de "los setenta" con una alegría vergonzosa, sus padres montados en un buen viaje de drogas anacrónicas, y siente una envidia inexplicable, un rencor absurdo por estar afuera de eso, prematuramente expulsado. Se siente como un alienígena del tiempo. Sin embargo, está seguro de que Mario y Noelia creyeron que él era la materialización de ese mundo. Y también por eso los odia. Lo engendraron tarde; son padres cincuentones actuando crisis juveniles y le piden ser un mesías, un espécimen bondadoso. Nadie debería exigirte semejante mierda. El mundo es como es. Y acá están las pruebas.

Sí, sí, está cada vez más claro que tiene que irse. Pero, ¿a dónde? Se le ocurre que la dirección en la carta es una señal. Podría buscar esa casa. Ciudad Isla II no está muy lejos. La botella tuvo que haberse atorado en alguna islita intermedia antes de resbalar otra vez en la corriente, solo eso explica que no haya estallado por la presión y que él la haya encontrado al cabo de ¿cuántos años?, ¡veintisiete!, y que ahora tenga un lugar adonde ir. Porque llegará con la carta como prueba y el chico o chica que la escribió tendrá que darle asilo, ¿acaso no lo venía buscando? Tendrá que darle una mano, ayudarle a encontrar un trabajo. Su compañía vale eso por lo menos.

Mete una mudada en la mochila, el cepillo de dientes, el libro de Bukowski, dos paquetes de cigarrillos, los fósforos y la armónica —las cosas que se "llevaría a una isla", como le gusta listar a Yoko mientras se achina tras el velo de marihuana— y, claro, la carta en el bolsillo trasero del bluyín.

No entra en la habitación de sus padres donde Noelia seguirá danzando en sus sueños, batallando contra sus fantasmas; en cambio entra al estudio. Sabe que Mario guarda dinero suelto en la gaveta, dinero para el pan, la leche, el diario vivir. No es mucho, pero tampoco quiere robar más. No quiere cargarse de delitos. Le basta el feto con ojos de batracio en la conciencia.

Abre la gaveta y saca el sobre con la plata. Escucha un ronquido. Se paraliza. Allí está Mario, despatarrado en el sofá.

Se acerca a su padre. Lo mira por regiones, como a la carta. Aunque él nació aquí, siendo hijo de inmigrantes bolivianos todavía es posible reconocer en él al "cabecita negra" que potencia su ADN. Pero es hermoso. Su padre es hermoso. No se había dado cuenta de que las entradas en la frente fueran tan amplias. Las canas, en efecto, y le da toda la razón a Yoko, son destellos de una inteligencia que él siempre ha admirado y que no podrá conseguir ni en mil vidas, de eso está súper seguro. Quiere besar a su padre en la frente, pero no puede correr el riesgo de que se espabile y haga preguntas. Toma la sábana y lo cubre hasta el pecho; también acomoda las chancletas, para que cuando se levante no tenga que pisar la cerámica fría.

Reprime el impulso de cerrar el chalecito con un portazo, por pura imitación televisiva. Por supuesto, se contiene.

Espera un poco más de una hora en la terminal de autobuses. Sube y, como hay pocos pasajeros, escoge lo que en su opinión es el mejor asiento, el penúltimo, lejos de la mirada del chofer, junto a la ventanilla. El autobús inicia la marcha, va devorando casas, calles, a las primeras personas que salen en busca del periódico, también la costanera y su brisa inolvidablemente cruel. Se despide de ese mar y ese mar se despide de él. El dolor en la garganta se agudiza. Fabio por fin llora. Llora despacito. Saca la carta para darse ánimos y lee. *"Te he encontrado"*. Y él está de acuerdo.

II

Los Trenes es un barrio viejo. Sin embargo, de los vecinos solo una minoría es la misma que se trasladó a la zona a mediados de los ochenta, cuando los trabajadores de la Ferroviaria consiguieron un financiamiento para vivienda y el sindicato puso los terrenos. El decreto neoliberal fue una revolución, las cosas modernas estallaban aquí y allá. Decir "antes" era vergonzoso. Ya nadie dice "antes". Esto le explica a Fabio un anciano tembloroso, mientras le vende una taza humeante de api y una marraqueta simple. De modo que no está seguro de si los habitantes de la casa 5, en los márgenes del barrio, son nuevos o no. Desde que el estado hizo polvo al sindicato ya no se reúnen como antes, dice el viejo tembleque. Fabio teme que vaya a derramarle la teterita de api en la cara.

¿Venís solo? Sos bastante joven, ¿no?

Vine con mis padres, están en la casa de una tía.

¿Quién es? Tu tía, ¿cómo se llama?

Es una tía.

Ah...

El viejo no insiste. No debe darle el cerebro agotado para indagar. Fabio deja unas cuantas monedas en el tablón. El hombre ha sido amable.

Fabio, en cambio, no está cansado. El viaje en autobús le sirvió como olvido y descanso. Dos horas de dulce traqueteo. La costa en Ciudad Isla II es sucia y huele a ácidos. Nadie lo ha mirado con excesiva sospecha, pero por las dudas Fabio no se quita la gorra y trata de caminar como ha visto que hacen los espías en las películas rusas, las nuevas películas rusas, no las que ve Mario de vez en cuando en un VHS que es una verdadera reliquia. Así se siente, un ruso con un alma letal en la mochila, administrando sus zancadas, ni tan rápido que se lo lleve el diablo, ni tan lento que lo vayan a acusar de turismo indiscriminado.

Es casi el atardecer cuando Fabio encuentra la casa 5. Un chalet parecido al de Noelia y Mario, con el techo bajo y ventanas cuadradas con mallas milimétricas, y paredes de ladrillo visto. La única diferencia es que el chalet está descuidado, sucio, amenazado por plantas silvestres en sus cuatro flancos. Ni el aire de la costa mitiga el deterioro.

Pone el índice en el botón del timbre y lo aprieta, como activando el propulsor de una máquina, de una nave futurista, una nave que lo llevará a otra galaxia.

Un muchachito curtido por el sol, cabellos oscuros, disparados como agujas en todas direcciones, lo mira serio desde detrás de la puerta de malla.

Hola.

¿Sí?

Yo... Bueno, vine porque tengo algo que quizás sea tuyo. ¿Te lo puedo mostrar?

El muchachito corre hacia el interior de la casa. Fabio escucha su voz asexuada hablando con un adulto. Quizás debería irse. Cree ver a alguien espiando desde una casa móvil con paredes de metal oxidado. El barrio es puro óxido.

¿Qué buscás?

Un hombre alto, el padre del chico tiene que ser, se tambalea en el pasillo. El muchachito lo ayuda a sostenerse. De algún modo incomprensible, el muchachito escuálido lo ayuda a sostenerse.

Tengo algo que quería mostrarle a su hijo. Es una carta.

¿Una carta?

¿Puedo pasar?

El hombre aplasta su nariz en la malla milimétrica. El muchachito todavía lo sostiene desde atrás. Fabio siente el hálito del hombre, el tufo fermentado de alcohol y excesivas horas de sueño.

¿Qué carta, eh?

Una carta. La encontré en una botella.

¿Me estás cargando?

El hombre se ha erguido. Debe estar en los cuarenta, en todo caso es más joven que Mario. No tiene arrugas y el pelo oscuro, eso sí, es una mata juvenil de púas. Lo malo son los ojos colorados y la forma en que mira al chico, entre burlona y desahuciada.

Este me está cargando. ¿Es tu amigo?

El chico niega con la cabeza. Las venas surcan el cuello frágil por el esfuerzo de sostener en pie al hombrón.

¿Sos testigo de Jehová vos? ¿De qué maldita carta me estás hablando?

Fabio saca la carta del bolsillo y la extiende como la prueba infalible de ese encuentro ridículo.

No puedo leer nada. A ver, entrá.

La puerta chirría desvergonzada. Fabio entra y permanece parado bajo un tragaluz que proyecta haces verdosos sobre la salita. La casa entera huele a alcohol y a detergente o a cloro.

El hombre se derrumba en una poltrona. El muchachito permanece rígido a su lado, un guardaespaldas invencible.

El cuello del hombre hace un esfuerzo elogiable por mantenerse derecho. Fabio piensa en jirafas somnolientas. Jirafas drogadas.

¿Cuál es esa carta? ¿De qué jodiendas me estás hablando?

Fabio le entrega su tesoro. La carta tiembla en las manos del hombre. Teme que el hombre vaya a escupirla, a vomitar sobre ella, a romperla.

Pero el hombre, con una ternura impensable, pasa los dedos por sobre el papel. Sonríe. Es el documento de un alma sana, capaz de conmover a un borracho. Eso pueden apostarlo.

¿Papi?

El muchachito también se ha dado cuenta. Aunque es probable que esos quiebres sucedan con frecuencia. Noelia tiene algo de eso, una crisis de nostalgia por su pueblito boliviano y luego una felicidad que hiere.

La escribí yo. La escribí en 1987. Era un nene, un cagaverde, como vos, Gabriel —así se llama el muchachito, Gabriel—. Es mía, ¿sabés? La carta es mía.

El hombre solloza. Fabio y el muchachito no se mueven. La escena es del hombre. Él tiene que solucionarla. Uno no puede hacerse cargo de todo, encontrar una carta, correr hacia el remitente como quien devuelve un corazón mutilado.

Mamá se había ido. Yo la necesitaba. Yo quería que volviera. Le envié esta carta. Esta carta era para ella. La encontraste vos. ¿Cómo es que te llamás?

Fabio.

La encontraste vos, Fabio. Está bien que la hayas encontrado. Está bien que hayas venido. Oh, madrecita adorada, ¿por qué me abandonaste?, ay, cuánto olvido. Gabriel, traele una cerveza a Silvio.

Fabio.

Fabio. Eso. Me confundí de cantante. Traele una cerveza a Fabio.

No tomo.

¿No tomás? Claro. Gabriel tampoco toma, ¿no es así, Gabrielito?

El chico niega con la cabeza.

Voy a freír unos chorizos. Quedate a cenar. Una carta del pasado cabrón vale una cena. ¡Una cena y más!

Necesito un trabajo.

Lo suelta, usa la técnica terrorista de Yoko, las palabras dando portazos. Y es que ese viaje no va a ser gratuito. Ha venido trayendo la carta, pero necesita los seiscientos pesos. El hombre puede tener algunos contactos en Los Trenes o en alguna otra parte de Ciudad Isla

II. No va a volverse al chalecito con el mismo problema. El feto sigue creciendo y el tiempo va detonando la fatalidad en cámara lenta. A Fabio se le contrae el estómago de imaginar las cápsulas de cocaína que tendrá que tragar en sucesivos viajes a España para mantener al feto, en caso de que nazca.

¿Necesitás... un trabajo?

Sí, estoy solo. No tengo familia acá y necesito laburar.

El hombre no responde. Se incorpora y va hasta la cocina, increíblemente más sobrio. El cuello ya casi es el de un hombre digno.

Este muchacho necesita laburar, dice el hombre hablándole a las paredes, en las que la humedad y los monólogos han pintado manchas.

El hombre le ordena al hijo alistar algunas colchas sobre la estera para el súbito huésped.

Cenan en silencio. El hombre bebe grandes tragos de cerveza. Ha pegado la carta con un imán en la puerta del refrigerador; la mira de vez en cuando y mueve la cabeza sonriendo, como si acabara de hacer una travesura.

El muchachito recoge la mesa y Fabio le ayuda a lavar los platos. Intenta sacarle charla, pero el chico responde con monosílabos. Sí, va a la escuela Capitana Juana Azurduy, no, no quiere dejar el pueblo cuando sea grande, y sí, sí le gusta leer. No, no sabe quién demonios es Bukowski, ni Proust, que tiene nombre de aceite de bacalao para la anemia, se ríe por fin, pero le gusta el título, no sabía que el tiempo era algo que pudiera perderse, como un perro callejero.

Fabio se acuesta en la estera a los pies de la cama del chico. No hay juguetes ni pelotas en el cuarto, solo una red de pesca colgando de la pared y una pequeña pila de revistas de historietas. También lápices de colores y blocs de papel para dibujar. El muchachito sabe divertirse solo y eso a Fabio le parece grandioso. Es un hombre cabal, como Mario categoriza a los que pueden estar solos sin desesperar.

Ojalá el hombre le ayude a conseguir un trabajo. Ojalá lo deje quedarse más noches en su casa. Puede cocinar algo y lavar los platos y cuidar al chico. Pero esto último es un error. El muchachito sabe cuidarse y cuidar al hombre. Él es simplemente un intruso.

Busca el sueño voluntariamente. Necesita desconectarse un rato. Escucha la respiración pausada del muchachito, el crujir considerado del catre buscando una mejor posición. Se cubre hasta la cabeza y entra, inseguro, en el territorio privado de la inconsciencia.

El cielo es de un color violeta intenso cuando escucha los sollozos del hombre. Fabio permanece con los ojos cerrados, necesita reconocer la línea blanda que divide lo real de lo soñado. Los sollozos del hombre son lentos, sordos y cada tanto profundos, como el de una criatura con hambre. Fabio abre los ojos y se topa con las pupilas negrísimas del muchachito.

¿Es tu padre? El que llora...

El muchachito se da la vuelta y Fabio puede verle la espalda escuálida, morena, la columna vertebral tan bien hecha que dan ganas de agradecerle a Dios o a quien sea.

Gabriel...

El muchachito mete la cabeza bajo la almohada y Fabio sabe que ese es el límite que buscaba, el límite entre lo soñado y la realidad.

III

El hombre le ha dicho que el trabajo tiene tres fases: Pescar en la madrugada, raspar las escamas de los salmones y meterlos en las conservadoras. Terminan a las cinco de la tarde. ¿Puede? Fabio dice que puede. La paga no es buena, pero en dos meses podrá hacer los seiscientos y todavía estará a tiempo de cubrir su obligación con Yoko. El hombre le dará techo y comida y el transporte en su vieja camioneta hacia el puerto; de alguna manera es un negocio redondo.

La primera semana es agotadora. Todavía el sol no ha siseado en la capa del mar cuando ya se han montado en el buque. Gabriel no va con ellos, pero al regresar de la escuela tiene la obligación de preparar un buen lonche y traerlo en las viandas hasta la carpa, cerca de los acantilados. Después de almorzar, raspan juntos los salmones y empacan las escamitas en bolsas de hule grueso bajo el nombre de "Proteínas Luz Marina". Yoko habría apreciado la tarea, el contacto con esas joyas tornasoles que son las escamitas.

El resto de la tarde el hombre empina la cerveza; también compra un singani barato y lo mezcla con limonada. El muchachito le ofrece café a cada hora, pero el padre rechaza el tazón sistemáticamente.

Una tarde, mientras regresan en la vieja Ford amarilla, el

hombre recoge a una chica. Le pregunta a Fabio si él también desea compañía. El muchachito no los mira, tiene la frente pegada al vidrio de la ventanilla. Fabio dice que no.

La chica se trepa en el asiento del copiloto. Dice un "hola" coqueto, aunque con destellos de un antiguo pudor, sobre todo cuando extiende la mano y le rasca la cabeza a Gabriel como haría con un cachorro.

Viajan un rato en silencio, luego el hombre pone un cd y la música ecualiza los distintos pensamientos.

El hombre acaricia el muslo de la chica durante todo el trayecto. La falda es de una tela liviana y Fabio supone que el hombre podrá sentir la frescura, la decidida consistencia de la carne. Por el retrovisor, el hombre les sonríe a cada tanto, pidiendo disculpas tal vez.

Fabio y el muchachito se encierran en el cuarto. El chico se pone a dibujar superhéroes. ¿De dónde los habrá sacado? En el tedio infinito de la costa pesquera no hay nada que se parezca a un súper poder, a no ser el mar y su persistencia descomunal. Fabio saca la lata de galletas Macintosh y cuenta su dinero. Solo faltan doscientos para deshacerse del feto. Aunque tendrá que pedir una suerte de bono extra para cubrir sus pasajes y comprar tal vez un regalo para Noelia, para que lo perdone. Debe odiarlo un poco porque le ha jodido los planes de volver a su pueblo en Bolivia. ¿O se habrá ido igual?

El hombre ha puesto música. La casa se llena de una cumbia que suena a destiempo, y sin embargo es hermosa. Fabio la reconoce en su forma original, con los sentimientos originales brotando de los discos de Mario. Igual, todo eso le hace extrañar el bajo y de una manera más precisa, las canciones de Buddy Richard que escucha Mario de vez en cuando. "*Tu cariño se me va, se me va, como agua entre los dedos*", canta alguien con impúdica voz mexicana.

El muchachito le extiende el dibujo: su padre con un chaleco negro, futurista y redes de pesca asomando de los dedos al estilo del Hombre-Araña.

Está buenísimo. ¿En qué te inspiraste?

No sé. Me inspiré nomás. ¿Querés que te haga uno?

Bueno.

El chico se concentra y traza rayas informes sobre el bloc. Fabio va percibiendo, alucinado, cómo del pulso del chico el personaje, él, se va definiendo con perfección, copiándole los gestos, la postura al pescar, y cómo de ese caos efímero de claroscuros emerge su lado heroico, brillante y agresivo. En el dibujo, Fabio-héroe se arquea jubiloso jalando la caña para arrancarle al mar un enorme pez. El chico ha sido fiel con su contextura. También en su existencia valiente pueden verse sus costillas, pero la fuerza que emana el dibujo es tan auténtica que Fabio acepta que él también, en el presente real, debe ser un tipo con bolas, alguien capaz de enfrentarse al monstruo total de la vida y al imparable oleaje de sus minutos.

Es tuyo.

Firmalo.

¿Firmarlo?

Claro. Sos un artista.

Yo no soy un artista.

Firmalo Igual.

El muchachito firma la hoja. La "G" y la "A" son redondas como los trazos de la carta. ¿Qué cosas uno elige no heredar? Fabio toma el dibujo y lo guarda bajo su almohada. Piensa en Noelia y sus prácticas ridículas de Reiki. Su manía de escribir papelitos con frases que ella denomina "comandos" y que se mete entre la ropa para que la palabra vaya penetrando "celularmente la voluntad".

Ve adormecerse al chico. Él, completo, es una mancha de sol. Al rato se acaba la cumbia y puede distinguir las risas, la del hombre, una risa aguardentosa; la de la chica, una risa fresca, maliciosa. Yoko nunca rio así y sin embargo había viajado a muchos sitios y sabía con qué pepas planear por sobre los bajones de la marihuana.

Necesita ir al baño y no es un pretexto, por lo menos no del todo. Por suerte el parqué es un material noble, capaz de masticar los pasos de la gente sin delatarla. Se sorprende de no toparse con el hombre y la chica en la salita del living; pensó que estaban así de cerca y no en la habitación sucia donde el hombre amontona cosas, una bicicleta inútil, una guitarra, remos rotos. Entra al baño. Lo sobresalta su propia cara. No ha cambiado nada y, sin embargo, podría jurar que Noelia va a encontrarlo distinto; creerá que la engañan, que le han mandado un impostor de vuelta, al alienígena del tiempo. No va a contarle nada sobre la carta para que no lo abrume con ideas reikianas.

Vuelve a escuchar las risas, esta vez combinadas con gemidos que Fabio, por falta de experiencia, no puede reconocer a ciencia cierta como de placer.

Protegido por la penumbra, se recarga contra la puerta y mira.

El hombre, claro, está borracho, sentado perniabierto en una silla humilde, con la cabeza haciendo equilibrio contra el respaldar. Pero es ella la que está desnuda, sentada sobre la mesa, con los pies apoyados en las rodillas del hombre, poniendo sus nalgas donde ellos colocan los platos para cenar. Ella toma la cabeza de púas morenas y la arrastra hacia su pubis. El hombre agachado ríe y solloza, extraviado. Ella lo empuja hacia la silla, instantáneamente disgustada, pero no pasa un minuto cuando vuelve a intentarlo. Fabio no comprende el juego, y tampoco sabe si allí hay algo para comprender. De todos modos, el pito se le comienza a hinchar y ese dolor conocido en este instante lo incomoda.

Está a punto de retirarse cuando ella lo pesca. La mirada es letal, como la de Yoko echando humo al techo de la juguería. Tendrá que buscar pronto una explicación. No quiere que el hombre lo eche cuando todavía faltan doscientos lucas para el asunto del feto. La chica no dice nada, le sonríe. Toma al hombre de los pelos y lo hunde en su pubis. El hombre ríe y llora. Tiene el pescuezo tan movedizo como el de una gallina retorcida. La chica toma una navaja y Fabio cree que va a ocurrir algo terrible, que debería intervenir. Pero una especie de perversidad lo paraliza, de nuevo la sensación de un viaje sin retorno.

La chica se hace un corte en el muslo derecho, toma al hombre de las púas y lo acerca. El hombre ya no ríe ni solloza. Sería eso lo que estaba esperando. A pesar de la relativa distancia, Fabio cae en la cuenta de que no es la primera vez que ellos juegan de ese modo.

Los muslos de la chica tienen ya algunos cortes viejos. También hay cicatrices de cortes cerca del pecho, como si, a medida que Fabio la cubriera con su mirada, una nueva chica, la verdadera, la sucia, fuera supliendo a la que subió inicialmente en la Ford amarilla con su faldita de algodón. Inexplicablemente, Fabio se siente responsable y agacha la cabeza y se da vuelta. Pero es demasiado tarde y quizás no sea el único responsable: el muchachito también mira. Fabio sabe ahora que tampoco es la primera vez que él mira. Que todo lo que sucede en ese chalet deteriorado en Los Trenes, casa 5, ha sido pulido hasta adquirir la fantástica esclavitud de los vicios.

IV

Fabio levanta el pie demasiado tarde; tiene incrustado en el talón el nácar punzocortante de una concha. La concha se tiñe de inmediato.

El chico quería mostrarle un lugar secreto. Fabio se sonrojó cuando escuchó la frase, pero el chico tiene edad para cometer esas impudicias, para llamar "secreto" a cualquier silencio. Desde la costa el lugar no podía distinguirse bien, parecía un risco sin importancia; apenas se veía el espaldar, peñascos menores. El chico no se lo ha mostrado nunca a nadie, ni siquiera a su padre. Teme que él vaya a decir lo de siempre, que ese arrecife es de los peores, que la corriente hace gárgaras con los cuerpos desnutridos como el suyo y que solo los mariconcitos buscan sitios apartados.

De modo que allí está, pagando el ticket de la visita con su propia sangre.

Fabio se apoya en el muchachito y avanza renqueando hacia un promontorio arenoso. Todavía no duele, pero dolerá. Supone que los reflejos toman su tiempo para recorrer los nervios, el enorme abismo que separa la cabeza de la planta del pie y este del corazón. Vuelca para mirar sus huellas: cada cuatro saltos derechos hay un pie izquierdo ensangrentando la arena.

Gabriel se quita la polera para amarrar el pie herido. La viborita de la columna es como la de un pescado. Continua y musical. Fabio agradece ese gesto, desnudarse para curar a otro.

Se tira sobre la arena con los brazos abiertos. El chico permanece sentado, mirando de vez en cuando a Fabio.

Papá nunca escribió esa carta.

Lo sé.

¿Lo sabías? ¿Cómo?

No importa. Igual me alegra haber venido.

El chico sonríe. Sabe que "a mí también" o "qué bueno que hayas seguido el rastro de una carta" o "qué mierda importa ahora" son sobras. Y sabe que Fabio va a irse pronto, aunque todavía le falten los doscientos dólares para cubrir una deuda. A Fabio lo alivia no tener que explicar más. La palabra "feto" es también una sobra.

Así que están allí, en el lugar secreto. La desobediencia cómplice es una despedida.

En realidad, dice Fabio, calculando que el sol pronto va a zambullirse y se desmoronará la noche sobre su cabeza, sobre los hombros de Gabriel, acostumbrado a equilibrar borrachos, deberíamos nadar un poco.

¿No te duele acaso?

Nada grave.

Entonces Gabriel avanza hacia atrás, sin dejar de mirar y sonreír a Fabio.

Sos un cangrejo, sonríe también Fabio.

Papá dice que este arrecife es de los peores.

Fabio mira en derredor y no le parece que la marea vomite una espuma diferente. "En la regurgitación está la medida", decía Mario, registrando intensidades, pero sin mojarse demasiado los pies.

A mí me parece normal.

Gabriel se hunde finalmente y Fabio se escurre de a poco hasta que el agua cubre su cabeza. Por fuera, mirando la cáscara del océano, nadie diría que el arrecife se ha tragado a dos criaturas.

Por dentro, en cambio, Fabio sonríe a Gabriel y Gabriel le hace señas para que lo siga hasta donde anidan las conchas. Fabio patalea, libera del trapo al pie herido y penetra, entre burbujas, los diferentes mantos de agua, la más fría, la cristalina, la mohosa y oscura. Pierde de vista por un momento a Gabriel, pero no se asusta. Se enrosca, gira sobre sí mismo, ve una estela delgadita de sangre manando de su pie y sabe que Gabriel, en todo caso, lo encontrará siguiendo esa huella. "Te he encontrado", dirá sin voz. Presiente, de hecho, la sombra líquida del chico cercándolo y agradece que bajo el mar todos los cuerpos adquieran la misma densidad, el mismo peso, idéntica avidez y juventud.

Mas cuando distingue a Gabriel agazapado en una caverna, muchísimo más pequeño de lo que es en la exterioridad del planeta, los ojos llenos de pánico mirando más allá de él, hacia una profundidad sin direcciones, sabe de golpe que lo que ha convocado el hilo de sangre es algo diferente, atemporal, plateado y hambriento. Y que viene tras él, furioso, veloz, vengativo, dueño y verdugo absoluto en ese imperio de agua.

Contraluna

I

Río Branco, día cuarenta y cinco.

Todo lo que yo deseaba antes de la inminencia de esta muerte era destilar suero de escorpiones en Río Branco, adentrarme en la selva y permanecer en su negrura hasta que se agotaran las provisiones de enlatados. Nunca pude explicar la incongruencia entre mi fascinación por lo salvaje y mi imposibilidad de comer hierbas silvestres, carne semicruda o pulpa de frutos extraños. Podría decirse de mí que era un mal salvaje. Ahora, todo ha cambiado: el canto de las ranas ingresa por mis oídos, por mi boca, por mis manos y, para acallarlo, meto la cabeza en los vientres abiertos de los animales destazados por los depredadores. Así me encontró ella. ¿Dónde está Shulkan?, pregunté, creí que pregunté; la voz se vuelve un ronquido en la selva. Por toda respuesta, ella ató mis pies y me arrastró.

Hace días que me arrastra.

Los árboles nos devoran. Bordeamos el río, mi espalda insensible, despellejándose. Sus ojos amarillos fijos en mí. ¿Dónde está Shulkan? Llevo un escorpión en un frasquito, podría dejarlo libre, podría, en una probabilidad del destino, verla retorcerse emponzoñada. Pero quizás Shulkan le ha advertido. Él puede tener esos absurdos gestos de generosidad.

¿Adónde vamos? ¿Qué has hecho con él?

Está curado, dice ella.

Mierda... ¿Dónde lo tienes?

La mulata ríe, los pájaros aletean violentos en su risa. Las encías rojísimas coronan sus dientes de perra.

Mis pensamientos se amontonan como esos pájaros. La mulata hace chasquidos con su lengua, ordenando otro lenguaje.

Vamos hacia su sitio. Yo estuve antes allí. Shulkan... La pancreatitis, los escorpiones, su fatalidad, la púa inflamada de veneno. A Shulkan le provocó ese mal, la pancreatitis; emponzoñado, veía fantasmas. Vinimos entonces a buscar a la mulata de ojos amarillos.

Antes fui biólogo y podía entender lo que ocurría, pero en Río Branco los negros han destruido la razón. No debimos venir. ¿Cómo saber qué lugar está prohibido? No hay prohibición para la ciencia. Las feromonas son el olor del sexo; yo empecé a comer pescado crudo porque la extrañaba, joder, cómo la extrañaba. Aquí en la selva las mujeres tienen ojos amarillos. Shulkan fue tras ella, fue su cabrona idea. Lo último que anoté en mi cuaderno de campo decía: Shulkan ha ido tras la mulata, está emponzoñado y no tenemos suero. Encontramos lo que no buscábamos.

Un cuaderno absurdo, con fechas, con matrices y frecuencias, con explicaciones.

En la infancia todo tenía una explicación. Los gusanos, metamorfosis de la materia, y la muerte.

¿Fue aquí mismo que lo curaste? ¿Qué le diste de beber? ¿Dónde lo tienes?

Curar, repite la mulata, sus encías lastiman cualquier ética.

Curar —anoté durante mis primeros días en Río Branco— aquí es un concepto ciego. Curar, en esta tierra, es enfermar. Curan los negros cuando ponen enfermedades. Cura la mulata para asegurarse un siervo. Alguien "curado" es alguien destinado a morir. Shulkan quería una cura.

Shulkan se retorcía de dolor.

Este olor a excremento, ahora, este olor no es de feromonas. Una revelación: el suero de escorpiones nos salva de la borrachera de culo, pero ahora es tarde. Una revelación inútil. ¿Es que también bebió de ese líquido amargo? Deliro: la hiel de las zorras, mulata amarilla, la hiel amarilla, se me han olvidado las palabras. No te dejaré mi alma, las células no tienen alma, he escapado de otras fiebres. Shulkan no escapó. No quería escapar.

La mulata, los chasquidos de su lengua. Un pájaro le responde. Por unos segundos picotea el aire, nervioso. Desde el suelo, el mundo es una copa volcada. Extrañamente, eso me hace bien.

La mulata estira el brazo y el pájaro nervioso posa sus pequeñas garras en la muñeca huesuda.

Ahora está quieto. Lo reconozco, aun debajo de eso en que lo has curado. Veo sus plumas ensangrentadas, espera devorar un insecto.

Detesto los insectos, no puedo comerlos. Aquí quiero quedarme, bajo la luna. No necesito las palabras, mi graznido se esparcirá por Río Branco, entrará por los oídos de los negros, aletearé casi incorpóreo sobre sus cabezas. No seré tu guardián, mulata, y un día, cuando estés distraída mirando el río, te sacaré los ojos. Tus ojos. Esas malditas lunas amarillas.

II

Río Branco, día veintiocho.

Hay una enfermedad que ataca a los biólogos. Se llama obsesión. En estos diez años de ejercicio de la carrera me he cuidado de esa fiebre (nótese que llamo fiebre a todo síntoma de anomalía, a todo indicio de exceso). El equilibrio es la única garantía para aproximarse a la verdad sin ser devorado por sus falacias. La verdad se escuda, no por mezquindad, la verdad es diáfana y total, mas no debe ser vista por los tontos y los oportunistas, podrían rasgar la delicada membrana que la envuelve y desvirgar aquello que debe permanecer intacto. No a todos debe serles revelado el conocimiento. Al mismo tiempo, nos acompaña la sombra fiel de la duda. Muchos se han extraviado en sus laberintos, muchos han caído, al fin, en el abrazo zalamero de la superstición, el prejuicio y el dogma. Debo frenar. Esta verborrea es sospechosa, soy yo quien siempre ha escuchado las historias de Shulkan, ese anecdotario del ridículo y la exageración. Hay momentos en que me arrepiento de haber aceptado su compañía, pero él es el único que conoce al dedillo Río Branco, este rincón del mundo que siempre fascinará a la ciencia. Si bien en Shulkan prevalece la estupidez *country* del *redneck*, también es cierto que su forma de relacionarse con cualquier cosa tiene algo de cópula, una ansiedad auténtica, quizás heredada de sus primeros ancestros, los miccosukee, y esta entrega primaria le ha permitido conocer lugares generalmente cerrados para la curiosidad estándar. Vivió en Río Branco por algún tiempo y ahora se gana un buen porcentaje de mis fondos haciéndome de lazarillo.

Pero soy yo quien habla ahora, enajenado por el afuera incomprensible, *Tityus Emperador, Centuroides, Ananteris, Ascomicetos, Muscaria Amanita...* Voy nombrando a cada individuo de este universo de clorofila, este infierno mínimo de filamentos, de veneno y pezuña y garra y resina de anfibios. Soy yo quien habla: Shulkan no responde, se queda quieto mirando la oscuridad.

Conozco algo mejor que el suero de escorpiones para olvidarse de una mujer, dice de pronto.

Algo mejor... ¿Qué cosa?

Un hechizo.

Estás con fiebre, Shulkan, te has pasado la noche sudando y mirando no sé qué figuritas en la luna. Intenta dormir. Si duermes tres horas, podemos partir antes de que amanezca y llegar a la hondonada, y, según lo que me has dicho, estamos de vuelta en dos días, si tenemos suerte.

Si tenemos suerte.

¿Si tenemos suerte?

Eso, si tenemos suerte.

Pero lo importante es llegar.

Si tenemos suerte.

¡Joder!

III

Antes de Río Branco. Observación, intervención e hipótesis.

Esa noche, la última, Nora dijo que ella era un vampiro. ¿Un murciélago? Especie carnívora nocturna de luminiscentes ojos. Soy un vampiro, insistió, colocándose el antifaz que había decidido usar para nuestras sesiones de sexo. Nora le ha temido al aburrimiento más que a la muerte. En todo caso, una vampiresa, dije. Eso es vulgar, dijo ella, las vampiresas son simples gatitas subalternas del Gran Chupador. Ni vampiresa ni puta francesa o cualquier cosa terminada en "esa". Soy un vampiro.

Yo nunca contradigo a Nora, he aprendido que con ella todo argumento se vuelve en mi contra. Bebo la cicuta de su vagina con absoluto sometimiento. Cierro mis ojos y apoyo mi mejilla sobre su vientre, a veces hay calma ahí, adentro; nunca se ha preñado. Yo tampoco le he engendrado un hijo, una repetición innecesaria de esta raza, nada. Nora podría convertirme en un pingüino: monógamo y abnegado, mientras ella continuaría siendo una perra callejera. Me gusta nombrarla con insultos, por lo menos mentalmente, es de ese modo que consigo alejarla de mí. Pero en la cama, ella es quien domina. El resto, el amor, el romance, la compatibilidad, esas abstracciones que se escapan a toda fenomenología, no tienen sentido. El coño de Nora me contiene de manera cabal. Es química, sí, pura empatía celular. Cada noche, después de cerrar el laboratorio, corro a buscar a Nora. Allí, en su "tubo de ensayo", voy aniquilando la materia, convirtiéndola en sudor y en jadeo, en estupidez. Y todo lo que sé, lo que busco, va fosilizándose, inútil, hasta dejar de ser conocimiento, de ser certeza o duda. Despojemos a un científico de sus dudas y sus certezas, solo podrá desplazarse por movimiento amebiano, dejando de ser, de ser. Nora, a esas alturas, me había convertido en una ameba.

Quítate el antifaz, le ordené. Los mandatos le gustan. Aunque no siempre obedece.

Me siento desnuda sin antifaz.

Ya estás desnuda.

Estoy desnuda cuando estoy sin antifaz.

Nora se sentó en posición de Buda y me ofreció la visión poderosa de su vulva. Su vulva-Buda. Sin embargo, en el modo en que levantaba la barbilla para mirarme desde una cierta lejanía había una reserva distinta, una actitud arisca y al mismo tiempo desafiante, como la de las hembras paridas.

Hoy es la última vez. ...Estoy cansado, Nora, esto no va a funcionar, necesito concentrarme en mis cosas, no me dedico al laboratorio, pueden quitarme la investigación, los fondos.

¿Soy yo la que te perjudica? ¿Estás diciendo eso?

Sabes que sí, Nora. Nora, Nora, lo único que hacemos es coger, estoy volviéndome loco. ¿No has pensado que tú también podrías progresar en tus cosas, tener un trabajo propio? No necesitas ser amante de nadie, yo...

Vaya..., pensé que eras un macho.

Por dios, soy un maldito oso hormiguero, necesito hundir el

hocico detrás de un microscopio y hacer estadísticas invisibles. Esa es mi vida, Nora, es lo que soy. ¡Un macho!, sí. Nora... No te conocía ese lado chantajista.

No me conoces nada. Un marica es lo que eres, y el microscopio te va a joder la vista.

Nora, es la vida lo que se me va a joder, y eres tú quien me la está jodiendo. Quítate el antifaz por última vez. Nora, despidámonos bien, sin estas cursilerías, sin estos disfraces. No tienes que ponerte esa mierda para que esto responda.

Ostento, como una prueba irrefutable del efecto químico del mamífero-Nora sobre mí, una erección dolorosa, una última bravuconada.

Nora ríe. Conoce su propio poder. Levanta otra vez esa barbilla modelo Meryl Streep y algunas hebras de cabello se le meten en la boca obscena.

¿Estás seguro de que no lo necesito? ¿Acaso no te gusta? Mírame bien, te he dicho que soy un vampiro, un verdadero chupador, uno de tu misma laya. ¿No te gustan los vampiros, coleccionista de bichos raros? Voy chupándote... chupándote la vida.

A las lagartijas les puede crecer la cola de nuevo, nunca hacen aspavientos, no conocen despedidas patéticas. Nora no es un murciélago de ojos luminiscentes; la nocturnidad de Nora se explica porque ella es una lagartija y volverá a aparecerle un amante. Una buena despedida significa, mientras tanto, una buena cogida. Nora no acepta quitarse el antifaz y entonces lo hago yo. Le arranco la máscara de ojales felinos, y con ella un mechón de cabello. En el párpado izquierdo todavía permanece el hematoma; en los bordes, la sangre empieza a circular adquiriendo un tono verdoso a través de la piel, ya no tan oscuro, supongo que ya no tan doloroso.

Acaso esta es su manera, no de perdonarme, sino de vengarse. Cada *ethos* tiene lo suyo.

A Nora se le humedecen los ojos.

Es lo que digo Nora, esto va a terminar matándonos.

IV

Río Branco, día once.

Nada sabíamos de la mulata. Entonces estábamos distraídos con los hongos alucinógenos, ninguna dendrita de las neuronas que asesiné encerraba mi deseo por Nora. Esta mujer ha tomado todas las redes; puedo ingerir millones de hongos, un genocidio de cerebros, y ella seguirá llamándome con sus feromonas.

Esto es un paraíso, por unas horas me olvido del dolor. Hoy puse a secar al sol un hongo púrpura con verrugas doradas; prohibido poner en contacto la lengua, las franjas de oro son veneno, ácido, van directo al núcleo de las células y las destruyen en un par de horas. Cuando el hongo esté seco, muy seco, polvo, lo mezclaré con tabaco. Estoy harto de la cháchara sureña de Shulkan, su acento insalvable maltratando todos los lenguajes del mundo. Pero al mismo tiempo prefiero escucharlo, su voz mitiga el rumor de las ranas, el chirriar de los grillos, ese anuncio de la noche infernal. Cuando las ranas se aparean es imposible dormir, la orgía de los anfibios taladra el cerebro, demasiado escándalo, demasiada resina vulgar alborotando el aire... Pienso en Nora de nuevo, otra vez, de nuevo, poner mi lengua en su franja de oro, envenenarme. Envenenarme, maldición. A falta de escorpiones, ranas.

V

Río Branco, día treinta y siete.

Los negros que suben desde Igarapé do Inferno ya están contaminados; de otro modo jamás dejarían su isla para adentrarse en este monte donde, según Shulkan, se necesita suerte para salir vivo. La piel se les empieza a escamar y las cuerdas vocales se les atrofian hasta que las palabras se convierten en un ronquido endemoniado. He intentado auxiliarlos; Shulkan dice que es inútil. ¿Ayudarlos?, ¿ayudarlos, tú, que no puedes encontrar un solo escorpión porque esa mujer te ha masticado la vista y ahora solo ves sombras y pantanos? Son ellos quienes podrían ayudarnos a salir de este culo del mundo, pero esos negros ya están marcados, afiebrados, purulentos, convirtiéndose en sapos. En Igarapé do Inferno los negros ingieren muscaria; luego toman la pulpa del mismo hongo y se frotan el cuerpo para ver a sus divinidades con ojos de pájaro, desde las alturas. Cuando se ha consumido muscaria por largo tiempo, la piel debe reaccionar: se lesiona primero la epidermis, que actúa como barrera, y luego, muy pronto, el hígado y los pulmones. Extrañamente, el corazón es el último órgano en capitular, la última trinchera. Su contraofensiva es enternecedora. Los negros que se exilian en el monte lo saben, pero prefieren esta muerte en que la visión de la Gran Madre los aliviará de tanta putrefacción. Hace poco, entre la carne de los helechos, vi a una mujer contaminada. De la piel azul noche solo quedaban las ingles y las axilas, esas cuevas del cuerpo que se resisten a la conquista del dolor y de la enfermedad (me gustaba caer derrotado en las axilas de Nora, hay una alquimia entre las glándulas del sudor y el aroma de las feromonas; esa alquimia es más poderosa que cualquier otro llamado, que cualquier otra fiebre. Es esta civilización exterior insípida la que reniega de nuestros más fundamentales poderes, elimina su sensibilidad, extirpa los vellos del cuerpo. ¿Quién podría avisarnos, qué otro sensor tan eficaz nos advertiría de la inminencia del peligro? Cuando Nora apareció, se me erizaron los vellos de las axilas; supe entonces que estaba perdido, era en vano el alboroto de los anticuerpos que atacan y conquistan y vencen y marcan, en pliegues suavísimos, el límite entre todos los homínidos que hemos sido). No había comicidad en el contraste absurdo entre el cabello grueso y negro, sin brillos fraudulentos, y la piel tomada por las escamas. El *ananteris de agua* necesita hidrógeno y, cuando no está en líquido, absorbe toda la humedad de la piel. Esta mujer ha sido tomada por la *ananteris de agua* o *achyla* y sus mucosas ahora son grandes costras blancas. La mujer llora, la sal de las lágrimas le quema; no quiero imaginar sus encías. La mujer, ahora de espaldas a mí, ha tomado un bulto del suelo, ¿una cría? Su portugués cerrado, pronunciado por las cuerdas vocales también tomada por el *achyla*, la aleja, me aleja, nos aleja de las palabras, de mis palabras inútiles –*asepsia, etiología, categorías de necrosis*–, y solo emite un ronquido. Otra vez el llanto. Pero el llanto no proviene de ella, viene de la cría; la mujer la mece rítmicamente, en el automatismo genético de las monas y las rameras. La cría berrea con la soberbia del que nada sabe. Podría ayudarla, un antídoto, una purga, una célula que genere otras nuevas, y la vida, esta vida se desencadene en su propia ley. ¿Habrá contaminado a la cría? Me acerco. La mujer voltea, la criatura negra llora, abre sus pequeñas fauces, chilla. "Es mejor que su hijo no pruebe de su leche", le digo. Miro el pecho carcomido por el hongo: no hay leche posible allí, solo una hebra de sangre se descuelga del pezón.

VI

Antes de Río Branco. Premisas: descarte y vinculación.

La vida, como fenómeno, es invisible. Todo lo que vemos son sus efectos, la estela de indicios dispersos en el azar, en la infinita combinación. Nora duerme, un ronquido suave la acuna, sus pechos cabalgan lentamente en la respiración, se le ha enredado el cordón del teléfono en el cuello (¿a quién llamabas?). Podría simular un accidente, muerte por estrangulamiento, porque la muerte es también eso, la última simulación. Incluso después, los gusanos, las moscas, hacen su aparición para recordarnos la magnífica omnipresencia de la materia. Allá, en la niñez, yo tenía un perro. Tenía un perro. Un perro. En el caso de los perros, no importa el nombre —cursilerías de nombres, Bobby, Gobby, Tommy—, lo que interesa verdaderamente es su espléndida condición animal. Creo que empezamos a separarnos cuando le puse un nombre, su condición de mascota anuló su naturaleza animal. Como Nora, que con el cordón del teléfono en el cuello regresa a su primigenia feminidad. Si yo jalara el cordón, Nora abriría las piernas en un espasmo, su sexo quedaría desprotegido para siempre. Y lo que es peor, Nora se cagaría, no de miedo, sino por la lógica reacción del estrangulamiento. A Nora le importaría un comino seguir siendo Nora. Yo quería un perro, no un siervo. Entonces lo llamé, ¡perro!, ¡perro! Y él no vino. Yo quería un perro. Lo llamé por el nombre que lo despojaba de su naturaleza animal, que me despojaba de un perro. Lo llamé, metí mis manos entre el pelaje. Tenía garrapatas. Acaricié su hocico, le di de comer de mi mano. El único animal que come de la mano es el perro; los otros, los felinos, incluso los caballos, lo hacen como un acto reflejo, y no como un pacto de amistad. Esa noche, cuando fui a verlo, las garrapatas se desprendían de su pelaje, huyendo, buscando otra materia, otro cuerpo, una fuente de vida para seguir viviendo. Eso hacemos todos, nada censurable. Garrapatas. Perros. Todos. Tomamos de los demás la materia necesaria para existir; los residuos, en cambio, se desechan en pos de otras transformaciones. Somos, sin duda, una especie de mutantes, la más repugnante de la cadena alimenticia. Porque, además, como cualquiera puede inferir mirando la frecuencia y curva de mis comportamientos, ¿a quién demonios le sirve un perro envenenado por su amo?

VII

Río Branco, día veintiuno.

Eso no es por *achyla*, es hechizo, dijo Shulkan.

Cuando ya ni la impudicia del microscopio puede mostrarnos la última partícula, lo sobrenatural sigue siendo la respuesta. La vegetación de Río Branco te come los sesos y otras cosas más, entonces bajamos al pantano para no enloquecer (cada vez con más frecuencia, Shulkan empotra su verga entre los cepos de las flores carnívoras; la inflamación es lo de menos, él le ha perdido el respeto al equilibrio).

Al principio registré un comportamiento similar al de la lepra blanca, si no fuera porque hay más de uno y, sabemos, la lepra blanca no se contagia tan fácilmente. Se trata de un hongo, Shulkan, y si estos pobres negros lo aceptaran, otro sería el cantar.

Pero el cantar es el de una bruja. Los negros bajan los martes, fíjate, y pasan tres días revolcándose hasta que se convierten en sapos.

Son nódulos, obviamente. Se les inflama hasta la última capa de piel, ya lo sé.

No, no son nódulos, ni hinchazón ni ganglios como las pelotas de Gulliver, compadre. Te digo que se convierten en sapos.

Sí, claro. Tú también te puedes convertir en sapo si sigues metiéndote de los rojos. Son los más peligrosos. Te va a estallar el hígado si es que antes no incineras de una tu flora intestinal.

Flora es lo que sobra, compadre. Yo sé como ingerirlos. Pero el punto es saber reconocer a una bruja, de las más jodidas, de las que tienen pacto.

Pacto... ¿Con qué, Shulkan?, pregunto sin ansiar respuesta, desesperado por esta suerte de diálogo de sordos.

Pacto con las leyes de transformación.

Las leyes de transformación... Qué demonios...

Las leyes que pueden convertirte en un sapo, por ejemplo.

Shulkan es, en realidad, un impostor, un oscurantista. Su compañía me nubla la poca luz de la ciencia, la claridad mental.

Y sin embargo, cuando se queda en silencio mirando la red tupida de los árboles, me deja solo con estos pensamientos. Mala cosa. Mala cosa escuchar solo el canto desquiciante de las ranas.

VIII

Río Branco, día treinta y tres.

Los negros han venido. Los hombres buscan muscaria en el río mientras las mujeres se desnudan. Uno puede haber visto documentales, el ojo intruso de la civilización que registra en una película la íntima pasión de los otros. Pero esto es diferente.

Shulkan dice que tiene las piernas entumecidas. Hemos permanecido casi dos horas trepados en el árbol, soportando en silencio las picaduras de las hormigas. Anoto sin ver, en el acto automático de la escritura que se encargará de guardar este instante. Y es que la memoria siempre le ha jugado malas pasadas a la ciencia, convirtiendo en anécdota aquello que fue un momento de revelación, el perfecto apareamiento entre la inteligencia y las partículas. Si existiera Dios, la antimateria, esa ausencia del protón imposible de evidencias a través del microscopio y que sin embargo se registra por su inmediata ocupación en un espacio anterior, como la sombra delatora de un objeto, inferida por el científico casi por un impulso de fe, yo podría asegurar que eso es Dios.

Una mulata de ojos amarillos, ojos de puma, se para en el centro del grupo. Siempre hay un centro, un núcleo, también en el universo, aunque la percepción de ese centro sea una cuestión política. Galileo abjuró perdiendo su centro: la certeza. Yo le decía a Nora que su centro, clítoris-navaja, se parecía al aguijón de un escorpión. Entonces, gran científico, reía, levantando la barbilla, ¿por qué sigues buscando?

La mulata pone en las lenguas de los negros la muscaria y les entrega otro poco en las manos; ellos se pasan el hongo por el cuerpo. La mulata de ojos amarillos se sienta en cuclillas; permanecen en silencio durante largo rato. He dejado de sentir las piernas. Shulkan me dice al oído: "viaje cósmico". ¿Qué buscamos todos? ¿Qué busca el científico que olvida rasurarse porque ha dejado su pellejo detrás de una maldita invisible partícula? ¿Qué busca la hembra, ungida en perfumes de laboratorios franceses, extraviada en una discoteca, cuando alguien le inyecta heroína en las venas? ¿Qué buscan todos con esos trozos de algodones empapados en whisky taponando sus anos y vaginas? Lo que hace todo esta selva feroz conmigo es arrinconarme en una moral que creía superada.

De pronto, la mulata tiembla, un estertor le sale de la garganta; los negros solo la miran, saben lo que se avecina. La mulata puja, ¿está cagando?, le pregunto a Shulkan. No, dice él, no está cagando, va a parir un sapo.

Va a parir un sapo.

Cuando la mulata se incorpora, un sapo ensangrentado, criatura de Igarapé do Inferno, da un brinco. Los negros se inquietan; el sapo avanza a saltos, ahora aquí, ahora allá, se detiene un segundo frente a un negro, avanza. Ahora se ha detenido frente a una mujer, el sapo croa.

Mujer muerta, me dice Shulkan al oído.

La mujer grita. Los negros la sujetan. La mulata de ojos amarillos se acerca. La mujer está aterrorizada, esas pupilas ya no ven la realidad. La presencia de la muerte huele a muscaria. La mulata hunde su uña –una garra calcificada por la guerra constante con los árboles y los animales- en la aorta de la mujer (he observado que aquí y en la ciudad las mujeres se dejan crecer las uñas). La mulata moja su dedo índice en esa fuente y se frota las encías. Los negros se acercan ceremoniosos, como un átomo que se recompone sin error, y también beben agradecidos de esa sangre. Allí están, contentos en su hermandad: hermosos e incomprensibles como buitres.

La mulata toma el sapo entre las manos. Lo acaricia.

¿Esto es vudú?, le pregunto a Shulkan, asqueado, temblando como un imbécil.

Esto es supervivencia, contesta.

Los negros aprietan sus cuerpos, unos contra otros. En el centro, el sapo. Eso no es una danza, es la célula que devora el anticuerpo en la descarnada lucha por la vida. Al fin y al cabo, todos nos desprendemos de la misma masa. Cuando se separan de ese ruedo, un hombre que antes no había, la antimateria, la sombra anterior, está ahí. ¿Cómo es posible? Ese negro no estaba antes. Debo de estar cansado, debo de haber contado mal, una distracción de las que les rompen las pelotas a los esquemas científicos.

¿Viste?, dice Shulkan, con la voz castrada por el miedo.

De barro somos; se condensa el polvo por una gran explosión; al final, en las cenizas encontraremos refugio y quizás una amorosa explicación... Tantas teorías. Estoy mareado.

¿Escuchaste antes las historias de príncipes encantados?, me rescata el sarcasmo de Shulkan. Todavía tiene miedo, pero su temperamento le alcanza para bromear incluso ahora.

Yo leía "Marco Polo", contesto por un acto reflejo.

Bueno, esto va más allá de tu estrechez mental, me sigue el juego, mucho más ágil, Shulkan. La luna proyecta sombras bajo sus ojos. Por si no registraste bien el fenómeno, te aclaro: la mulata ha convertido en hombre a ese batracio. La idea, compadre, es que tú y yo somos bajo este cuero, un batracio inhibido, buscando una negra que nos libere.

Miro a Shulkan. Magnífico ejemplar de mutante. Alguien le destruyó la psiquis, pero yo no estoy dispuesto a sanar a nadie. No podría. Yo también estoy enfermo. Obsesionado.

Shulkan sonríe, tiene las pupilas dilatadas, tan dilatadas que puedo distinguirlas de la galaxia del iris, incluso en la penumbra.

Lo bueno de todo esto, si lo pensamos bien, es que Dios es un sapo convertido en hombre, sonríe Shulkan. Reímos entre susurros, como en los buenos tiempos, aterrorizados y felices.

IX

Antes de Río Branco. Epistemes absurdas.

Cuando descubrí que el suero de los escorpiones es el antídoto perfecto para las feromonas, quisieron quitarme el proyecto. Demasiado dinero para avalar una investigación cuyo objetivo fundamental es anular los efectos, los terribles síntomas de la pasión. Prefiero nombrar así a esa fiebre pasajera y destructiva y no con el ambiguo término de "amor".

Pasión, pathos, patología.

La industria del perfume extrae de los animales las feromonas para crear aromas afrodisíacos. Mujeres y hombres y todas sus variantes pagan cientos de dólares por ungirse con esas fórmulas químicas, y tú, tú quieres eliminar la única sustancia natural que nos permite sentir algo, sentir algo todavía, dijo el director del laboratorio, un intelectual híbrido, un biólogo con vocación de poeta posmoderno. Un blandengue. ¿Acaso crees que alguien pagará por extirpar de su cuerpo la posibilidad del éxtasis? No estamos en una planta espacial de robótica, esto es biología. Ni Frankenstein persiguió la muerte como suprema causa de la experimentación.

Frankenstein es un personaje de la ciencia ficción, repuse, de lo más obvio. Había mucho de vergonzoso en confesar que la suprema causa de mi búsqueda consistía en mi necesidad de liberarme de Nora. La borrachera de culo nunca ha sido una categoría, un axioma, es solo una endemoniada falacia.

¿Y tú? ¿Tú que te crees? ¿Acaso la imagen y semejanza de Dios? ¡Personaje de ficción! ¡Qué riguroso!

Soy un científico, y la comprobación de una teoría justifica cualquier praxis. Y si es cuestión de dinero, hacia allá vamos justamente.

Para conseguir la aprobación de mi proyecto, mentí. Convencí al director del laboratorio invirtiendo los objetivos, como sucede con toda relación de polos en una materia dada. Le dije que extraería de los escorpiones la sustancia afrodisíaca más efectiva jamás percibida por ninguno de los sentidos. Incluso la corteza frontal de los psicópatas se vería positivamente estimulada, propuse. Debíamos sentirnos tan entusiasmados como los viejos buscadores de oro.

De todas maneras, vendí todo para cubrir los gastos de Shulkan. En la ciudad ya nada espera por mí, ni una casa, ni un vehículo, ni siquiera la mirada sicalíptica de Nora y ese aguijón envenenado que me amenaza y me seduce, y me convoca, igual que la selva conjura a la razón para masticarla con los dientes comedidos de las flores carnívoras.

X

Río Branco, día cuarenta.

Son demasiadas picaduras, Shulkan, ¿cómo fue que no pudiste evitarlo?

El *ananteris* es una maravilla, compadre, te lleva hacia las alturas y no sientes nada, no con estos limitados sentidos... Puedes verlo todo. Ingerí ese hongo dorado, aluciné. No pude registrar que era un nido de los grandes. Pensé que los alacranes eran soldaditos de plomo...

No se trata de una especie muy venenosa, lo tranquilizo. Observo el escorpión que flota, indiferente, en el frasco con alcohol. Luego, la verdad médica: pero tienes muchas picaduras y ha transcurrido bastante tiempo.

Llévame donde la mulata de ojos amarillos.

Ella te convertirá en sapo, bromeo.

Ella es la única que puede curarme, compadre. Si algún aprecio me tienes, llévame donde esa mujer. No todo tiene que ser una ecuación perfecta, joder.

Allá vamos. Cargo a Shulkan como a un saco de papas sobre mis hombros; yo también estoy cansado, pero no puedo protestar. El quejido de Shulkan es a veces estridente y otras, apagado, resignado al dolor. El riesgo es la pancreatitis y él lo sabe. Si el veneno de los escorpiones no es contrarrestado de inmediato, toma el torrente sanguíneo, el hígado y, por último, el corazón.

Dime algo, susurra Shulkan, la boca seca: si no encuentras esa especie única, rara, ultraespecífica, ¿qué carajos vas a hacer? Serás el hazmerreír de tus colegas.

Ya no me interesa encontrar el escorpión, contesto. Pero luego no sé justificar esa renuncia radical, no sé decir qué cosa, idea o tótem he puesto en el lugar donde estaba ese fetiche.

Shulkan no pesa casi nada. Avanzamos rápido, arañándonos la cara y el cuerpo con las ramas, buscando a la mulata.

¿Por qué? ¿Ya no quieres curarte del amor por esa mujer? ¿Vas a volver a la ciudad para meterte entre sus piernas?

No, no será necesario. Puedes apostar tus apestosos pies.

Si no encuentras el escorpión, nada de esto habrá valido la pena, dice Shulkan, y a lo largo del camino, de eso que pretendemos un camino pero que es solo el coágulo indomable de árboles e insectos, dice otras cosas que ya no comprendo porque la lengua, embrutecida por el edema, ya no articula algo conocido.

Durante este tiempo he pensado que Shulkan es, en realidad, un hippie huérfano, un hombre que esconde a un muchacho con frío. Ese sería un buen nombre miccosukee para él: "Muchacho con frío".

Te digo que ya no necesito el escorpión, aplasto una tarántula con un instinto renovado y su pulpa nos salpica.

¿Por qué?, se esfuerza Shulkan.

Porque la última vez que estuve con Nora, la maté.

XI

Río Branco.

No hay fatalidad que se anuncie con humo blanco; al contrario, es el fauno envejecido de la rutina el que, apenas hemos descuidado los talones, paso en falso, se desenrosca para tender su trampa, hincar su aguijón y dejar su veneno. ¿Cuándo empezó a afectarme el canto de las ranas? Ya nada puedo registrar en mi diario de campo: lo que veo, lo que escucho, lo que imagino, todo ha perdido sentido. No hay de qué asombrarse. Desde el comienzo me extravié y abandoné el rigor y la precisión necesaria para apuntar aquello que se explica únicamente desde una ecuación, desde una fórmula o desde una teoría. Solo la voz en la pequeña Sony nos recordaba que éramos hombres entrampados en la selva. Pero cuando Shulkan empezó a ingerir los hongos, a adentrarse cada vez más en el mundo brillante y eléctrico de las neuronas que estallan, allí, en el cofre magnífico del cráneo, y se extinguen en la irreversible transformación del carbono hacia la nada, el lenguaje articulado, el idioma que antes me protegía del caos como un escudo cuida el corazón del guerrero, perdió también su utilidad. En Nuevo México, junto a Shulkan, habíamos vencido la ira de las cascabeles para amistarnos con los temibles escorpiones. ¿Amistarnos con los escorpiones? Shulkan era demasiado ingenuo como para ser un verdadero científico, Shulkan era un vulgar cazador y esa vileza fue cobrada. La naturaleza sabe odiar desgarradoramente. Ahora desvarío, las ideas vienen translúcidas, hongos desprendidos de sus pequeños imperios, allí donde reinan letales sustancias, ahora ya no puedo seguir el rastro de los pumas, de pronto sus garras se diluyen en el río, de pronto las huellas de sus garras se transforman en piedras, debajo de las piedras hay escorpiones. Los escorpiones no pueden ser mascotas, ese pecado lo ha cometido el hombre de la ciudad. De la grabadora sale un graznido, la última voz de Shulkan. Yo quería el suero de escorpiones para cubrir cada célula de mi cuerpo, ese es el antídoto de la borrachera de culo. Deliro, desencarno, sufro. Yo quería matar el olfato para no ir tras sus feromonas, los artrópodos destruyen las feromonas. Shulkan quería el suero para vendérselo a los ganaderos. Son causas justas para la ciencia –el amor y el dinero, digo– pero los escorpiones no lo sabían, alistaban sus aguijones, atacaban, al principio tomábamos antialérgicos y después nos conformamos con ron de caña. Cada segundo mueren millones de células, un holocausto invisible. Aquí, en Río Branco, se ha quedado nuestra piel en fragmentos, en partículas que otros buscadores creerán atrapar.

XII

Río Branco, la inminencia.

Déjame aquí; la mulata no tarda en cruzar el río.

No puedo dejarte aquí, estás enfermo. Solo necesitamos extraerle el veneno a este escorpión; lo proceso y te lo inyecto. Sé que funcionará.

No me interesa volver... No quiero volver.

Yo tampoco quiero volver, Shulkan.

Shulkan ya no me escucha. La ictericia lo ha tomado todo, pero sus músculos faciales no están tensos. Los negros se dejaban tomar por el *achyla* en un abrazo divino, abarcador.

Escucho un ruido. En la selva uno aprende a diferenciar los ruidos; despiertan los instintos que preferimos almacenar en la genealogía de nuestros antepasados. Sé que es la mulata. Y, acostumbrado tal vez, reconozco el miedo. Olisqueo mis axilas, ahí está la adrenalina, delatándome, entregándome a las fosas nasales de la bruja.

XIII

Último día antes de Río Branco. Suspensión de la variable.

Aunque el escorpión tenga cuatro y en ocasiones seis pares de ojos, es un bicho miope, no puede percibir claramente las imágenes, su relación con el mundo exterior es táctil. Si se siente amenazado, yergue el aguijón y lo dobla hacia adelante, como un gimnasta. Si un insecto, una araña por ejemplo, se cruza en su camino, el escorpión se queda quieto, la araña se confía y, como toda hembra, va tejiendo el ataque. Se aproxima entonces el escorpión, la atenaza, le clava el aguijón en la parte más blanda y empieza a engullirla, succionándola.

Encontramos una patria de escorpiones cerca del pantano. Los escorpiones no tienen nidos, esas cursilerías las dejan para los débiles. Los escorpiones fundan imperios y allí reinan, con la lanza hacia el cielo, bandera de veneno.

Por eso he vuelto al pantano, me he acostado en la humedad de sus orillas. He decidido no anestesiarme con los hongos para sentir cada flecha, cada púa, contaminando los glóbulos rojos. Abandonarme.

Veo las pinzas cercándome e inevitablemente pienso en Nora.

Las muñecas atadas a los postes de la cama, el aguijón erguido, las piernas que me atenazan. ¿Qué hace un hombre desprotegido de sus certezas?

¿A quién llamabas?, pregunto. La penetro suave, sin prisa.

Eso ya no debe importarte, estás de ida, ya estás ido.

Nora, Nora, siempre me sacas de mis casillas.

¿Qué? ¿Vas a pegarme?

Hacía dos noches Nora me había llevado al borde, donde zumban las moscas de la muerte. ¿Quieres que sea tuya? Entonces, mátame. Aquella vez solo la golpeé. Después cogimos. A Nora le dolía el ojo y tenía la boca reventada.

Nora, no quiero pegarte, quiero que esto acabe. ¿Por qué te gusta darme celos?

Los celos se acercan como moscas, moscas mutantes que antes fueron larvas y que no pudieron ser gusanos ni mariposas. *Callíphora*, *Lucilia Caesar*, vendrán con sus sonrisas verdiazules y sus grandes ojos, pero, Nora, jamás, jamás te comerán el corazón. Lo que distingue una especie de otra puede ser solo la forma; en la sustancia, en el hálito de vida somos lo mismo, una línea finísima donde se sostiene el universo, y la luz, la luz es la que evita toda diferencia.

¿Por qué lo quieres siempre todo? Todo. ¿No te basta con cogerme?, ¿con pegarme? ¿Qué más quieres de mí?

Creo que maté a Nora porque admitir que lo que yo quería de ella era su alma significaba mi total abjuración. Galileo, Darwin, ¿quiénes fueron las hembras que ustedes amaron? Un científico solo puede desear la seda líquida de la vagina. El resto, el resto es locura.

Nora, efectivamente, se cagó. Jalé el viejo cordón de ese teléfono afásico hacia sus extremos. La estrangulé. Unté mi cara con sus excrementos. Unté mi cara y mi cuerpo, y esto que me habita, incluso en la negrura de la selva: mi espíritu.

XIV

Antes, después, Río Branco.

Alguien encontrará mi grabadora, mi diario de campo. Pero nadie sabrá que la mulata de ojos amarillos vino y me arrastró. Shulkan y yo, como todos los negros, tuvimos el mismo destino: buitres. Voy buscando la carroña, espero la muerte de los negros, levanto sus costras, la piel carcomida por la muscaria para buscar algo de carne, un resto de carne. Pero allí solo hay gusanos.

La mulata estira la mano para darme de comer; ella no sabe, yo tampoco sé, lo he olvidado, que la única especie que come de la mano es el perro. Me acerco, doy un brinco y picoteo el vientre frío de un sapo. Levanto mi pico, la mulata es mi ama; anclado en sus garras, me acerca, confiada, a su sonrisa de bruja. Ahora martilleo algo blando. Ella gime. La luz fría de la noche va desnudándolo. Es una joya blanca con un hermoso iris dorado en el centro. Una joya ensangrentada. Ya no hay secretos, contraluna.

Novedades:

C. M. no récord — Juan Álvarez
Desde Alicia — Luis Barrera Linares
El amor según — Sebastián Antezana
El fin de la lectura — Andrés Neuman
El Inventario de las Naves — Alexis Iparraguirre
El último día de mi reinado — Manuel Gerardo Sánchez
Goø y el amor — Claudia Apablaza
Hormigas en la lengua — Lena Yau
Intrucciones para ser feliz — María José Navia
La ciudad de los hoteles vacíos — Gonzalo Baeza
La filial — Matías Celedón
Las islas — Carlos Yushimito
Médicos, taxistas, escritores — Slavko Zupcic
Punto de fuga — Juan Patricio Riveroll
Puntos de sutura — Oscar Marcano
Que la tierra te sea leve — Ricardo Sumalavia

www.sudaquia.net

Otros títulos de esta colección:

Acabose — Lucas García
El azar y los héroes — Diego Fonseca
Barbie / Círculo croata — Slavko Zupcic
Bares vacíos — Martín Cristal
Blue Label / Etiqueta Azul — Eduardo J. Sánchez Rugeles
Breviario galante — Roberto Echeto
Con la urbe al cuello — Karl Krispin
Cuando éramos jóvenes — Francisco Díaz Klaassen
El amor en tres platos — Héctor Torres
El espía de la lluvia — Jorge Aristizábal Gáfaro
El inquilino — Guido Tamayo
El síndrome de Berlín — Dany Salvatierra
El último día de mi reinado — Manuel Gerardo Sánchez
Experimento a un perfecto extraño — José Urriola
Florencio y los pajaritos de Angelina su mujer — Francisco Massiani
Hermano ciervo — Juan Pablo Roncone
Intriga en el Car Wash — Salvador Fleján
La apertura cubana — Alexis Romay
La fama, o es venérea, o no es fama — Armando Luigi Castañeda

La casa del dragón — Israel Centeno
La huella del bisonte — Héctor Torres
Nostalgia de escuchar tu risa loca — Carlos Wynter Melo
Papyrus — Osdany Morales
Sálvame, Joe Louis — Andrés Felipe Solano
Según pasan los años — Israel Centeno
Tempestades solares — Grettel J. Singer
Todas la lunas — Gisela Kozak

www.sudaquia.net

Made in United States
Orlando, FL
11 May 2022

17776855R00146